JN035533

D+
dear+ novel
taiyouwa ippainankajanai

太陽はいっぱいなんかじゃない

菅野 彰

新書館ディアプラス文庫

太陽はいっぱいなんかじゃない

contents

太陽はいっぱいなんかじゃない……………………005

日はまた昇る。何度でも昇る……………………235

あとがき……………………………………254

illustration：麻々原絵里依

太陽はいっぱい
なんかじゃない

何もすることがない。

何一つしたいことがない。

空っぽだ。

五月の白州英知《しらすえいち》は、五月病とは無関係にこの上なく空虚だった。

「おはようございます。白州先生」

その空洞をダークグレーのスーツで隠した上背のある英知を、ひと月前から「先生」と呼ぶ青年が、今日も朝に相応《ふさわ》しい声を聞かせる。

朗《ほが》らかではないが、いつでも彼の声は落ちついていた。

「おはよう」

英知も青年に挨拶をして、移動中目を通す資料を受け取り車の後部座席に乗り込む。

先月から社会党の代議士、つまりは国会議員になった英知は、自分に割り当てられた公用車が中古のコンパクトカーであることには多少驚いた。

公設秘書として長く勤めていた与党第一党の自由党では、「先生」の送迎は黒塗りの高級セダンと相場が決まっている。

「……比較対象を知らなかったが、あれは随分と乗り心地がよかったんだな」

高級車なだけのことはあったと、コンパクトカーに乗るようになって英知は思いがけず世間を知った。

「何かおっしゃいましたか?」

運転も、英知に纏《まつ》わる何もかもをしている秘書が、バックミラー越しに尋ねる。

「いや、何も」

代議士の秘書という去年までの自分と同じ身の上のはずの彼は二十代後半と若く、服装もノーネクタイのシャツでカジュアルだ。

社会党の庶民に寄り添う姿勢と、党の懐《ふところ》事情が何もかも可視化されている。

「今日のスケジュールを確認していいですか」

英知が息をつくように言っていた「させていただく」のような回りくどい丁寧語も、彼は使わなかった。

聞いているとその方が効率的だと知る。

「私は世界を変える」

だが三十八歳まで非効率な世界で非効率に生きてきたので、英知は非効率な返答をしてしまった。

「はい、おっしゃる通りです。世界を変える一歩、本日の具体的な行動スケジュールは性的マイノリティの権利をテーマにした勉強会が衆議院第二議員会館会議室で。その人権法案のための法務委員会が十時半から」

身なりはカジュアルでも、青年は淡々と議員秘書業務をこなす。

彼は英知の非効率に惑《まど》わされることも、つきあうこともしない。

毎朝告げられているスケジュールは、昨年まで英知が全く同じように代議士に伝えていたものだった。勉強会、委員会の内容は変わっても、時間と場所はほとんど変わらない。

代議士は朝の勉強会で顔を繋ぐことも多く、党派を超えてとにかく人に会う。秘書が「そこを右に曲がってドアを開けて中へ」と指示する通りに動くが内容は聞いていない。

同じ立場に立ってみると、いよいよ英知には何もすることがなく何もしたいことがなかった。

「ところで先生。議員宿舎に移られる気はないんですか?」

秘書は毎朝、同じことを訊いてくる。

「ない」

「何故《なぜ》ですか?」

理由も毎日尋ねる。

秘書はとても根気がいい。

「新人なので、神奈川二区の人々と同じ土地にいた方がいいような気がしてね」

明確な答え方はせず、曖昧《あいまい》に英知は言った。

横浜市の中でも都内から最も遠い、港南区《こうなんく》まで迎えに来るのが秘書は嫌なのだろう。だがそれは英知の知ったことではない。

英知は、戦前から続く代議士一族の屋敷で生まれ育った。選挙区は事務所を置いている神奈川二区だったが、その広くて暗い屋敷は横須賀《よこすか》の山の手にある。

数年前に死んだ父親がその家に秘書として仕えて、晩年は擁立《ようりつ》されて代議士になった。父が心から尊敬の念を持って仕えた、自由党元官房長官神代壮一《かみしろそういち》がその屋敷の主だ。自身も仕えた父親同然の神代壮一に関わる不正をリークして、英知は社会党に転向した。

ついでに四月から国会議員になってしまった。

車のランクはともかく、後部座席は本当に向いていない。

「……、変えると」

車窓から大黒《だいこく》ふ頭を眺めていた英知には、青年の声がよく聴こえなかった。

「なんだい？」

見慣れたふ頭、生まれ育った山際の屋敷、ほど近い鎌倉に棲む人のことを思いながら訊き返す。

なんだい？

最近この言葉をよく口にすると気づいた途端、バックミラー越しに強く鋭いまなざしを受けた。

「大変失礼ですが、念のため確認させてください。先生の聴力に問題がおありだとはうかがっていませんが、もし今現在不都合を感じてらっしゃったらおっしゃってください」

「きちんと調べたことはないが、問題も不都合も感じていないよ」

「勉強会や委員会中の様子を拝見していてもそう思います。そして僕は車の運転席から後部座席に聴こえないような声量や滑舌《かつぜつ》にならないよう、秘書業務をする上で意識して努めています」

訊き返しが多いのは聴いていないからだと、秘書は暗に言っているようだった。

「相手を見て集中力を欠かれるような態度で、世界が変えられるとは僕は思いません」

いや、暗にではない。

「毎朝、世界を変えるとおっしゃいますね、と。今僕は言いました」

秘書は抗議していた。

「訊き返しも嘘も、合理的な行いではないです」

声は荒ぶることなく、彼の言う通り合理性を持ったわかりやすい言い回しで。

そもそも当たりのやわらかい秘書ではないが、彼なりにこのひと月は、遠慮か我慢かまたはその両方をしていたのだと英知は知った。

「君の言う通りだ」

生来の低い声で穏やかに、ただ一言を返す。

青年の物言いには知力が余っている者の独特さがあった。個性的な人物だと英知は捉えている。

仮に彼が自分を嫌っていたとしても、当たるようなことはしないだろう。頭のいい青年だ。嫌うのはともかく、嫌った相手に強く当たっていいことなど何もないとは知っているはずだ。何を考えているのかわからないし特段興味もないが、こういう青年なのだろう。党内で他の人と話しているのを見ても笑わない。

窓の外のふ頭と一緒に、青年の言葉は流れていった。


社会党から擁立《ようりつ》された新人の衆議院議員白州英知の公設政務秘書は、藤原四郎《ふじわらしろう》といって二十八歳と若い。

四郎は英知の政務秘書、すなわち第一秘書を名乗っているが、第二も第三も英知は気配も感じていない。

「勉強会、全く発言なさいませんでしたね。一言も」

四月に用意された衆議院第一議員会館内の事務室で四郎は、首相官邸の緑が僅かに覗く窓を見ている英知に言った。

「まだ勉強が追いつかない。まさしく勉強させていただいてる最中だ」

大仰な三角の名札が置いてあるデスクから穏やかに微笑《ほほえ》んで、曖昧に英知が答える。

四郎が自由党の藤原吾郎《ごろう》代議士の四男だとは、自由党にいる時から英知も情報として知っていた。藤原吾郎には四人の息子がいて、一郎と二郎はそれぞれ自由党の代議士になっている。ところが四番目が対立野党である社会党党員となって党本部に入ったことは、自由党内でも一時期話題だった。藤原吾郎への信頼が高まるわけもなく、距離を置いた議員も多い。

思えば四郎のしたことと、英知がしたことは近しかった。

父親殺しだ。

英知が自由党から社会党にリークを持って転向したことによって、父と等しき人が政界から引退した。

同じ身の上だからわかり合えると思われて英知につけられた秘書なのかもしれないが、それにしては四郎は随分とやさしくない。

「SNSの投稿、どうなさいますか?」

ずっと立っているという非効率的なことはせず、窓辺にただ座っている英知を放って四郎は応接セットにノートパソコンを開いた。

議員会館内に与えられる事務室は広く、秘書室と応接室がきちんと分けられている。

「任せるよ」

実質二人きりな上一日中確認の繰り返しなのに、部屋を分けるのは非効率だと初日に四郎はこのスタイルを提案した。

「勉強会の成果のなさに無力感を滲《にじ》ませる感じでいいでしょうか」

言いながら四郎の指は、もう文字を打ち込んでいる。

「息を吐くように毒を吐くね、君は」

「毒なんか吐きません、心外です。先生が毒だと感じているならそれは聖水です」

遠回しに何を言われたのかはすぐに理解できた。

事実を投げられてそれを毒に思うなら、我が身が悪ではないか疑えと言いたいのだろう。

「上手《うま》いことを言う」

別に秘書が冷徹なのは構わなかったが、秘書を替えてほしいと英知は会った日からずっと思っていた。

顔が気に入らない。

ひと月前党から四郎を政務秘書につけられた、その場で言えばよかった。

唯一の人に随分と似て見える。英知は唯一の人を失ったばかりで、どうにかして忘れなくてはならないのによく似た顔が近くにあっては不都合だ。

だからあまり四郎を見ないようにしている。

言い訳めいているが、そういう訳で四郎の話をよく聴いていない。

「『性的マイノリティの人権をテーマにした勉強会に参加しました。己の理解の乏《とぼ》しさに恥じ入る時間となりましたが、未来のために精進《しょうじん》……』定型過ぎるな」

確認のために口に出して、直しながら四郎は色の薄い髪を耳に掛けた。

効率や合理性を訴える割に、髪が伸びすぎだと英知は言いたかった。

だがそれは言いがかりだ。まっすぐな髪があの人を思わせるので切ってほしい。そんなことを言ったらそれは暴力だし、四郎は恐らく床屋に入る暇もないだけだ。

不思議だ。

目の前の人物は英知の初恋の人とよく似て見えるのに、初恋の人が似ていると言われる俳優とは少しも似ていない。

もっとも英知がその人を、全盛期のヘルムート・バーガーに似ていると思ったことは一度もない。世間がそう騒ぎ立てているだけだ。

覚えているのは、静かで、暗がりに射す小さな光のような彼の美しさだった。

「アルゴリズムで先生の記事がポップアップで出ました。『政界のアラン・ドロン、日本では保守からリベラルへ転向もまだ声を上げず』。見出し記事も大分減りましたね」

いいとも悪いとも思わないただ報告する意味で、四郎は言ったようだった。

「賑《にぎ》やかだな。アラン・ドロンだのヘルムート・バーガーだのと」

また気づくとその人のことを考えていたと、ため息が出る。

「誰もヘルムート・バーガーの話はしていません」

「……失敬。つまらない考えごとをしていた」

「つまらない考えごとに、時間を一秒たりとも使っていただきたくないです」

嫌味でも苦言でもなく、こういう時四郎はいつも淡々としていた。感情を乗せずに、根気よく要望を繰り返し続ける。

そうすると大抵の人間は、それこそ毒か薬が滲むように段々と彼の言い分が身に染みてくる。

英知自身、全く話を聞く気がない相手には同じように接していた。

秘書の手法であり性《さが》なのかもしれないが、残念ながら相手も長く秘書をやっていたことを四郎は失念している。

「『太陽がいっぱい』は観たかい」

「先生を担当すると決まった時に、改めて観ました。取材等でタイトルが出た時に観ていないと、失言を漏らすかと案じまして」

「有能な秘書に恵まれたな、私は。自分でアラン・ドロンに似ていると思ったことはないが、あの主人公の心境だよ。今は」

「あの主人公のどの心境ですか？　一、資本主義的権威が妬《ねた》ましい。二、資本主義的権威に殺意を感じる。三、完全犯罪で殺人を犯せると思いあがっている」

「……四、太陽が眩《まぶ》しすぎる。ずっと日陰に立ってきた」

僅かに訝《いぶか》し気な四郎に立ち向かう気にはなれず、比喩ではなく英知は日陰と言った。単に秘書という、政治の表舞台を裏側で支える立場にいたという意味だ。

「『太陽がいっぱい』は誤訳だという説も今回初めて知りました。フランス語に堪能な友人が言うには、『カンカン照り』のような意味合いだと。四、眩しすぎるはその直訳が合っていれば主人公の気持ちそのままかもしれませんね」

珍しく秘書が、英知と雑談をした。

英知が秘書をしていた頃より、四郎はよく働いている。労働時間ではなく、有能に有益なことを合理性を以てこなしている。

「何故先生は……」

ふと、四郎は無駄に、いや、英知にとっては害ともいえる整った顔を上げた。

何故代議士になったと、一番近くで白州英知を見ている四郎は訊きたいのだろう。今朝四郎が言った合理性を欠いた時間につきあわされていると、きっともうよくわかっている。

何しろ彼は有能なので、その有能さをさぞかし持て余している。

代議士になった理由は、英知は誰にも言えない。言えるはずがない。

「言われたことはきちんとやるよ」

きれいな目で射殺すように英知を見て、見ているのも非効率だと思ったのか四郎はパソコンに戻った。

期待外れの新人議員は、裏切った右派どころか、内側からもこうしてよく思われている気配がしない。たったひと月で、さっき四郎が報告したように世間からの興味も薄れた。

世間から忘れられていくのは、英知にはありがたい。一世一代の大舞台で得ようとした人は去って、そうなると手元には人並みの大舞台への羞恥心《しゅうちしん》だけが居残った。

羞恥心はあるが、他人に嫌われることは痛くも痒《かゆ》くもない。

英知にとって人とはずっと、唯一たった一人だった。

終わった恋のことばかり考えている。考えているということは終わっていないと、考えるたび気づく。

仕方ない。三十年以上ただ愛し続けた人に最後に触れたのが僅かひと月前だ。

そして恐らく次は、二度とない。

顔が好きだったのだろうか。何しろ記憶の最初にあるのが幼かったその人への愛おしさだ。視覚から入った可能性は否めない。

別れが訪れてたったひと月なのに、唯一の人への思いを見失う。

「いつまでもかっこつけていられると思ったら大間違いですよ」

よく似た顔が粛々《しゅくしゅく》と、あの人ならまず言わなかっただろう言葉を英知に注ぐからかもしれない。

いや、この顔が、この顔から吐かれる毒とも薬ともつかない聖水と自称されるものが。英知が抱えている仄暗《ほのぐら》い愛情の残骸《ざんがい》を、合理的に効率よく解体していることは否めない。

「『勉強会にて己の無知蒙昧《もうまい》をただ恥じました。只今からは泥土《でいど》に塗《まみ》れ人権のなんたるかを摑み取る所存です』」

このように発信するのでかっこつけずになりふりかまうなと、四郎は言いたいようだ。

「マイノリティにかかわる勉強会に繋げて、国会議員が『泥土』と表現するのは誤解を招く可能性を感じるが」

自分が秘書なら当事者を鑑《かんが》みてその言い回しは使わないと、習い性で英知が返す。

「語彙《ごい》や知力や判断力があるなら、一刻も早く起動させてもらえませんか。先生は国会で証人として立たれた時にも、選挙に立たれた時にもそれらをお持ちでした。僕はよく覚えていますし、動画にも記録されています」

証拠もある。四郎はそう訴えている。

秘書はどうやらいつになく怒っているようだった。

ふと英知の視界にカレンダーが入って、四郎が自分について丁度ひと月だと気づいた。

「君は」

秘書がしていたことは、きっと遠慮や我慢などという曖昧なものではない。ひと月と期限を切って様子を見たのだろう。

何しろ英知は新人で、長年政治家の秘書をしていたといってもイデオロギー的に真逆の政党に移ったばかりだ。

「よく見ると、かわいげのない顔をしているね」

自分が秘書でもひと月は観察すると思いながら四郎の顔を見て、きれいだが本当ににこりともしないと英知はため息が出た。

「他者の容姿について言及してはなりません。ましてや僕は先生から見たら立場が下の人間です。より一層神経を使ってください」

「立場が下には思えないよ、君は」

「先生は議員で僕は秘書です。何しろこうして先生と呼んでいますから、はっきりした上下関係です。年齢も僕は先生より十下になります」

具体的にどのくらい上下があるのか、四郎が明示する。

「二十八歳か」

年齢で数えると十年前のことだが、その年頃は英知にとって一つ前の分岐だった。

二つ年下の大切な人が、理由のわからない大きな行動に出たのが二十代前半だ。その人の行いによって英知は、「白州英知」として神代の家から政治家として出るのが困難になった。

神代家からは過ぎるほど謝罪を受け、存命だった実の父からは耐えろと言われた。

英知には彼らからの言葉の意味がわからなかった。

彼《か》の人の行いによってこのまま何もしなくとも一生をともに在《あ》れると、ただ幸いだった。神代家から命じられた彼への監視は、生涯に亘《わた》るだろうと誰かが言ったのを聴いた。誰が言ったのかはもう覚えていない。神代家の人か、亡くなった父か。

生涯と聴いて英知が歩くのを完全にやめたのが、二十八歳の頃だった。

「大人のつもりだったが、こうして見ると存外随分若い」

自分も同じように青年だったと思うと、二十八歳で「一生」と思い込んだ愚かさが沁みる。

三十八歳の英知から見た二十八歳の四郎は、一見子どもと変わらなかった。

「おっしゃる通り若輩《じゃくはい》です、先生。右と左の区別くらいはつきますが、まだまだこれからです。一緒に学ばせていただきます。ありがとうございます」

問答無用で四郎は英知に礼を言った。

「私が二十八歳だった時のことを思うと、藤原くんはしっかりしてるよ」

その時のことを思い出していたので、珍しく本心を英知が告げる。

「先生も秘書をなさっていましたね。ところでもし差し支えなければ、四郎と呼んでいただけませんか？　ご存知のようにこの議員会館の中に血が繋がっている藤原氏が他に三人おります。党内で僕のことを藤原くんと呼ぶのは、なんと現在先生ただ一人です」

ひと月四郎は、どうやら英知が自力で周りに気づくのも待っていたようだ。

「僕を藤原くんと呼び続ければ、そのうち議員会館の中で『その藤原くんはどの藤原くん？』というつまらない話になります。家族の話で発展性を見たことは一度もありません。何処《どこ》かにきっと楽譜が存在する、男声低音の『ははは』という合唱を聴くことになるでしょう」

「容易に想像がつく」

早口にもならず、切々と「議員会館四人の藤原氏」について説明する四郎に、なんならその会話は自由党時代目撃したと英知は思い出した。

「そういう会話ばかりしてきた」

愛想笑いをして相槌《あいづち》を打ったことがある四番目の藤原氏が、自分の秘書になったのかと改めて実感する。

「憑《つ》き物でも憑いていたんですか」

秘書の頭の回転のよさに、英知は感心した。

今なんの役にも立とうとしないだけでなく、長い自由党時代発展性のない会話に相槌を打っていたのなら。

公設秘書を務めていた次期総理から離反して国会で証人として論戦を交わし、あまつさえ次期総理と同じ選挙区で対立野党から出馬した社会党に舞い降りた王は何処に行ったのかと、四番目の四郎は「憑き物」の一言に込めたのだろう。

「一月から四月の俺のことなら、正気ではあった」

笑いもしない怒りも表さない冷たい表情の四郎の顔に、珍しく戸惑いが映った。

その一言を理解した英知への戸惑いと、恐らくふっと出た「俺」のことだろう。議員は基本的に公の場で「私」を使うのが一般的だし、「俺」はまったく自分らしくないと英知もわかっている。

「最近この人称を取り戻して。随分久しぶりだからたまに使ってみている」

かわいくないと四郎に言ったのはやはり似ていないと思いたかったからだが、唯一の人も英知が久しぶりに「俺」と言ったときに同じようになんとも言えない表情をしていた。

「高校まで、学校では必要があれば使った。後はずっと『私《わたし》』だ。公私ともに」

それは英知の生い立ちがわかっていればおかしなことではないだろうと思い、さらりと四郎に話す。

だが英知自身にとっては、「私《し》」の時間のほとんどが「私《わたし》」だった。

自分は将来唯一の人を支えると、父親に教えられた。だから二つ年下のその人を「坊ちゃま」と呼び、自分のことは常から「私」といって育った。

ふと何処からか「俺」と出た時に、いつも英知を「お兄ちゃん」と呼んでいた「坊ちゃま」は悲しそうな目をしていた気がする。

「親しみやすくていいと思います」

何か問うような目を一瞬だけ見せて、事務的に四郎は終わらせた。

「丁度来月、高校生の面会がありますから。できればその前に正気は取り戻していただきたいです。ここまではモラトリアム期だったと僕の方ではカウントします」

「あれは青年期の終わりのことだろう。大学を卒業する頃の」

「アイデンティティを見失っている時期という考え方もあります。先生は大仕事をして、職務上のイデオロギーが変更されたわけですから。ひと月くらいは道が定まらなくても当たり前だと、僕は思います」

揶揄《からか》いでも皮肉でもなく、四郎はきちんとした意味づけで「モラトリアム期」と言ったようだ。

言われるとそういう考え方もあると、英知も納得する。

「モラトリアム期だとしたらひと月は短くないか」

「先生は血税に養われている国会議員ですから。ひと月でも大目に見た方です」

なるほど。だから四郎はヘルムート・バーガーについて今日からは一秒たりとも考えるなと言ったのだ。

「君は本当に大人だよ。四郎くん」

二十八歳も様々だと四郎に教えられる。

「ありがとうございます。ちなみに先生にももちろん人権はあります。税金を払っていない国民にも等しく人権はあります。ただ血税は大切に使いましょう」

「リーディング・スタディだね」

長く身を置いていた保守政党はやはり保守だったらしく、こうして一日中一緒にいる秘書が隙《すき》を見ては耳からリベラルを流し込んでいることにも、英知は今初めて気づいた。

「先生なりのお仕事をしていきましょう。でもあそこまではやらなくていいですよ」

不意に、今一番突かれたくないところをぐさりと突かれる。

あそこまでというのは、英知には早く忘れてもらいたいなりふり構わない四ヵ月間のことだ。

「恥は知っているつもりだ」

秘書はひと月のモラトリアム期を強制終了して、手加減をしないと切り替えたらしい。

けれど長いつきあいにはなるまいと、英知は心密《ひそ》かに思っていた。

何しろ本当にやりたいことが一つもない。呼吸さえも億劫《おっくう》だ。

四郎の言う通りモラトリアム期なら、しばらくすれば道は見つかるのかもしれない。

だが英知には歩くべき道は永遠に見つからないと思えた。

唯一にしてすべてであったものを失った春が、まるで癒《い》えていない。

五月の英知はまだ世界と、そして己の秘書を見縊《みくび》っていた。


「ところで先生。議員宿舎に移られる気はないんですか?」

梅雨寒《つゆ》の六月になっても、秘書は毎朝車の中で同じことを訊いた。

根気がいい。

後ろから見ても楕円《だえん》のまなざしは少し釣り上がっていて、段々英知《えいち》は四郎《しろう》に似ていると思った人の顔がぼやけてきた。

「ないよ……」

煙った大黒《だいこく》ふ頭を眺めながら答える英知の方は、四郎の根気のよさが些《いささ》か染み入ってしまっている。

本音など決して語らない。先方の腹だけを探るのが代議士秘書の仕事だった。

そこが緩《ゆる》んだというよりは、何もする気が起きないまま二ヵ月が過ぎて方々が緩んできている。

「神奈川二区の方々と交流してらっしゃるようにも思えません。港南区に借りている先生の地元事務所も、今は既存の社会党員で事務仕事に使っているだけです」

英知の方では既に理由を語らなくなったが、四郎は繰り返された訳をちゃんと覚えていて追及してきた。

いや、これは追及というより糾弾《きゅうだん》だ。

「古くからの住民のみなさんには、蛇蝎《だかつ》の如《ごと》く嫌われているから」

自分で思っていたより硬く張り詰めて生きてきたようで、緩むと一気にガタがくるものだと英知は実感していた。

曖昧《あいまい》にかわす言い訳が、反射で出てこない。

指針にしようと適当に言っていた「世界を変える」も、声にする気力がすっかり潰《つい》えた。

「ええ。それは嫌われることでしょう。神代《かみしろ》元官房長官は、懐刀《ふところがたな》だった先生のリークがなければ来年か再来年には総理でした。生粋《きっすい》の神奈川県出身の総理大臣の誕生は四半世紀ぶり。その神代先生の地元横浜はかなり危険な環境とも言えます」

運転しながら四郎は、英知の現在の住居について今までしなかった話を始めた。

「それは覚悟してのことだ」

そんなこともわからず行動するほど馬鹿だと思われるのは心外だと、英知は言いたかった。

だが、実際のところ行動した時、一人の人を得ることとしか考えていなかった。

そして得られず生活の何もかもが一変したので、状況としては最悪ともいえる。

「覚悟するのはご立派ですが、防御の姿勢はとっていただかないと党としても迷惑です。どうしてあんなセキュリティも何もないワンルームを借りたんですか」

いつかは言われるだろうと思っていたことを四郎に指摘され、そこに考えがない英知は沈黙するしかない。

「あの築四十年もののマンション付近に、毎朝送迎車がつくだけで悪目立ちします。車の音でわざわざ見に出てくる住民が今朝はとうとう現れました。住民かどうかも怪しいです」

危ないです、と言った四郎が、送迎の面倒より英知の身の危険のために議員宿舎への転居を望んでいると初めて英知は知った。

その危機について今触れた理由は、今朝初めて不審者を確認したからのようだ。

本当に四郎はしっかりしている。何を考えているのかは、珍しく英知にはまったくわからない相手だが。

「港南区で最低家賃に近いワンルームにしたんだ。荷物もないし」

仕事のできる必要以上に有能な十も若い秘書に、こんな破れかぶれの理由を語るのは英知もさすがに辛《つら》くなってきた。

「それは議員宿舎より安いでしょうけど、セキュリティに対価を惜しまないでください」

「使いどころがないので金がないわけじゃないが、この上なく不安定な仕事なのはよく知ってる」

明日解散総選挙になれば、最悪の場合借金付きの無職になることもあり得るのが議員一期目だ。そうして神代《かみしろ》家に泣きつく者を英知は嫌というほど見たし、神代家からの指示を受けて役立たずの議員を一時的に支えたこともあった。

「何もしない先生方も見てきたが」

何人かそばで見た経験があるのに、実際何もしないで二ヵ月国会議員を自分がやれていることには多少驚く。

議員になって二ヵ月、あらゆる意味で二期目はないだろうと英知は確信していた。

六月には議員会館で『昼行灯《ひるあんどん》』と呼ばれるようになった。全国的に呼ばれる日もそう遠くないくらい、英知は何もしていない。

昼に灯る行燈ほど灯っているとも思えなかった。

「国会会期中なのに異例の人事で、書記局からも外された」

鳴り物入りで社会党の議員になった英知は、一期目から書記局という重要な部署への入局が決まっていた。

ひと月、党もきちんと様子を見たのだろう。六月一日に書記局を外される人事が出た。

期待の新人の驚きのやる気のなさに、党の方でもきっと本気で驚いている。

「今までの党との違いを、まず先生に見ていただいてからがいいとの判断です」

この二ヵ月接してきて英知が知った四郎は、無駄に嘘を吐《つ》かない。

だからこの言葉は、当たり障《さわ》りのない本当か、彼にしては珍しい無駄かどちらかだ。

先月彼は、モラトリアム期はもう終了だと言っていた。

「判断力があるよ。社会党は」

ただ秘書に終了のお知らせをされても、英知としては人生の全てが終わったので次の始まりは見当たらない。

「……人事の理由は、党の方に具体的に一つあるので。先生が原因ではありません」

投げやりにでもなく言った英知に、丁寧《ていねい》に運転しながら四郎はわかりにくい言い方をした。

「具体的にというのはどういうことだ?」

思いもかけないことを聞いて、心当たりのない英知が後部座席から尋ねる。

心当たりはないが、ひと月でネガティブな人事の判断をするのは確かに社会党らしくないのはわかった。

「その件については、後程また」

後回しにするのは四郎らしくない。

「先生は」

そして更に、彼らしくない僅かに感情の滲《にじ》む呼びかけを聴く。

「大丈夫ですか?」

毒なのか薬なのかわからないが隙間から入り込むようないつもとは違う声で、四郎は言った。

「住居のことなら、それでも一応二階を選んでいるよ。戸締まりは」

「その件もですが」

「四郎くん」

ふと何故だか四郎が一歩踏み入った気がして、人に踏み入らせず生きてきた英知は反射で追い出した。

「はい」

穏やかに呼び掛けた英知がドアを閉めたのがちゃんとわかったのか、四郎もいつもの淡々としたトーンに戻る。

「何故お父様は、長男から四男までにナンバリングのような名前を？　家風？」

「一番上の兄が生まれたとき父は既に代議士だったので、全員が議席を取ったらおもしろいと思ったそうですよ。自分の名前が吾郎なので、まさか四人の男子に恵まれるとは想像せず焦ったとも言っていました。三男の三郎と僕は双子なんです」

「おもしろいお父上だ。双子なんだね、それは知らなかったよ。『ははは』」

「三郎は弁護士になったばかりです。どうしたんですか。僕の家のことを訊くなんて、初めてですよね」

不審をあらわに、四郎は尋ねた。

「こうした当たり障りのない会話を、得手としてきた。『ははは』の楽譜も持っている。……さて、それで他に何ができるんだか。俺は」

「政治の他には思い当たりません。以前の党ならということです。ただお戻りになるのはかなり難しいかと」

後半は独り言のつもりだったが、四郎がありのままを答えてくる。

「それに、当たり障りがない、とおっしゃいますが。僕は害だと思います」

憤りは見せずに四郎がはっきりと「害」と言うのに、英知にはすぐに意味がわからなかった。

「こと議員会館にいると一人一人に言いたくなります。実際、機会があればこうしてどなたにでもお伝えしていますが。みなさん天気の話のように躊躇《ためら》いなく、家族のことをお尋ねになります」

丁寧に語られたら、それは英知自身何度も聞いてきた会話で、そして四郎が続きを言う前にどう害なのかわかった。

神代家を支えて、代議士にもなった実の父を思い出して。

「見ている通りの家庭だと、何故思えるのでしょうか。見えていなければなおのことです。家庭は最も気密性の高い密室ですよ。どれだけ外壁がきれいに見えても、中で何があるかは悲鳴の一つも上がらなければ誰にもわかりません」

「そうだな」

発声と滑舌はいいがいつでも静かな四郎の言い分を聴いていて、珍しく英知は辛くなった。

自分も、世間が見ていた父ではなく、息子として向き合った父については語りたくない。

英知にとって長年の仕事場である議員会館には、亡父を知る者も多い。

「迂闊《うかつ》なことを訊いて、申し訳なかった」

模範となるいいお父上だっただろう。

そんな言葉を朗《ほが》らかに投げかけられるたびに、黙って微笑《ほほえ》み頷いてきた。

黙って頷くたび英知の心の中には、光を遮る曇りのような澱《おり》が段々と溜まっていった。

澱に微笑んでいたせいで、光にも暗闇にも鈍感になってしまっている。

「だから君は俺の家のことを訊かないのか？」

一点を除いて、父は確かに模範となる真面目で固い人物だった。

目隠しをされたように、その一点を英知は考えないし思い出さない。忘れているのとも違う。ああいうことがあった。そういう人だったと、無感情に置いている。

いつも、その「父の一点」は英知のそばにいる。視界に存在し続けている。

無感情のつもりで今日までいたが、常に見えているその父のことが己に影響しないことがあるだろうか。

「様々、気には掛かっています」

「俺は今、君に不用意な質問を悪気もなくした。君も遠慮しているなら、訊きたいことを尋ねたらいい」

父の事でなければ答えようと決めて、謝罪のつもりで英知は我が身を差し出した。

「党人事の件で、先生にお許しいただけなくても尋ねなくてはならないことがありますので」

党から預かっているのは書記局から外された事情の話なのだろうが、四郎が口が重いのが似合わない。

「個人的に一つお尋ねしてもいいですか」

「だから、どうぞ」

一拍の間に、英知は油断して珍しく苦笑した。

「同姓同名の文芸作家が存在しますね」

別に四郎も英知の息の根を止めるつもりはないのだろうが、その話は不意打ち過ぎる。

「投票所で書き間違えが起こらないように、広報が先生の名前をひらがなに開くか会議をしていました。結果、作家の方の先生の名前の漢字が特殊だということで名字だけ開いた訳ですが」

よくあることなので任せて気に留めなかったが、英知の選挙中の表記は確かに「しらす英知」になっていた。

若干間が抜けて見えるという感想を持ったことだけ覚えている。

「……名字だけ開いた経緯は、今初めて聞いた。賢明なご判断だ。先方はあまりに著名な作家で、名字の漢字は確かに微妙に違う」

この話題への距離と無感情を、英知は装った。

車はいつの間にか首都高に入っている。

こういう弊害《へいがい》も起こるのかと知って、表記以上に自分が間抜けに思えた。

そもそも本当に無関係なのかと詮索《せんさく》されるから、出馬するために婿養子に出して名字を変えさせるというのが神代家での判断だった。政治的には英知の実父より、神代壮一《そういち》の威光が大きすぎる。

同姓同名の文芸作家「白洲絵一」は、神代家の政治的姿勢を批判する作風だ。デビュー作は、戦時中に反戦を訴えようとして敷地内の蔵に閉じ込められて亡くなった、神代の家に実在した青年をモデルにしていた。

そのことに気づいたのは、今のところ神代家の人間だけだ。

だが秘密を封じ込めようとした神代家を、英知は完全に離れて本名のまま代議士になった。

これから先、詮索されるかもしれない。そうしたら自分たちはどうなるのだろう。

いいや。

自分は、だ。彼はもう関係ない。

同姓同名の文芸作家は、英知の人生とはもう関わりがない。だからこれらのことは英知が一人で考えて答えを出すことだ。

「人間一人で出せる結論なんて、たかが知れてるのをちゃんとご存知ですか?」

そう思った途端、心を読んだように四郎がやけに毅然《きぜん》と言った。

「僕から見ると、先生はとても危ういです」

秘書は怒っているのか心配しているのか。

またはその両方でも、英知に驚く理由も権利もない。

「俺が秘書をしていた十年以上の中で、そういった感情を先生に持ったことは一度もなかった。

何人かの先生についたが」

権利がないので、仕方なくするりと逃げた。

「踏み込んでいますか。不愉快ならそれは申し訳ないです」

同姓同名の文芸作家について、四郎はもう話題にしない。

その話が天気の話と同じ話題だと思ったなら読みが甘いと、英知はまだ僅かに秘書を見縊《みくび》った。

朝から勉強会、十時半から委員会。ルーティンワークになるのは、一月から六月までの国会会期中は当たり前のことだ。国政の中にいて、ルーティン以外のことをしなくてはならないのは非常時になる。

非常事態は起きない方がいい。

そして今日は議員会館の中で、昼食を取りながら男子高校生たちの話を英知は聴いていた。

「議員会館は初めてですか」

公平性を担保するために、英知は常から遠い存在であるほど敬語を使う。

「はい」

「緊張しますけど、ここだと少しはホッとします」

ひと月前からスケジュール調整した四郎の計らいで、高校生とのランチは議員会館内のカフェとなった。このフロアは誰でも入れるが、正式な面会なので二人の高校生は入館の手続きも取っている。

サンドイッチを食べながらそれぞれ飲み物を手元に置いていても、彼らから緊張が抜けない。

「請願書を出すなら、実際困っていることと合わせて解決案を出せた方が望ましいと思います」

進まない話に苛立たず、テーブルの向かいから英知は言った。

四郎は隣にいるが、この進まない会話を記録していてコーヒーしか飲んでいない。

「それが、言いにくいっていうことが困ってることなんです」

「自分たちはですけど」

シャツにグレーのパンツの高校生は、会ってから繰り返し「悩みを打ち明けられない」と言った。制服を着ているが、今日は開校記念日だと英知は四郎から聞いている。

二ヵ月何もしていないようでいて、国会議員としての英知の毎日は実のところ忙しかった。秘書時代から思っていたが、この世には時間の無駄にもほどがある仕事が山とある。それでもこの党では経済界の機嫌取りのための時間は皆無で、英知には慣れないとにかくあらゆる人の話を聴く仕事が多かった。

「未成年者でも、憲法第十六条で請願は国民の権利として保証されているから」

ふと四郎の指が英知の視界に入るほど近づいて隣を見ると、冷たいまなざしの秘書が微笑んでいる。

「そういったことは既に説明してあります。先生は、彼らの請願をよく聴いてまとめてください」

さすがにため息を吐《つ》きそうになるのを、なんとか英知はすんでで堪えた。

高校生の緊張の一因に、いかにも国会議員然とした己のスーツ姿と議員バッチも影響している自覚はある。

請願は、国民の要望を国に届けるものだ。正式な手続きとして、衆議院議員かまたは衆議院議員秘書が紹介しなくてはならない。

その時の社会情勢に合致したりと流れに乗れば、国政レベルで審議されることもあり得る。審議されるような請願を取りまとめて答弁するのは、議員としても存在感の示しどころだ。

「同性婚の合法化なら、我が党はスローガンとして打ち出しています。制度改革にしっかり乗り出していますよ」

四郎が面会をセッティングした高校生は、性的マイノリティ当事者として請願を望んでいると英知は聞いていた。

「そんなの、ずっと先の話です」

「僕らからしたら、雲の上みたいな遠い話です。制度なんて、使い方もわからないし。大人になれるかどうかだってわかんないのに」

たどたどしい彼らの言葉に、英知は新鮮に驚いていた。

「そんなことを考えてはいけませんよ」

自由党にいた頃も、未成年者からの請願の現場に同席したことはある。

永田町までやってくる高校生は普通、年配の議員がたじろぐほど論旨がしっかりしていて物おじしない。

「今、辛いんです」

「誰にも相談できません。誰にも話せない」

目の前の高校生たちは、恋人同士ではないと四郎から聴いていた。

たまたま同じ学校で自分たちが性的マイノリティ者だと気づき、二人だけで悩みを積もらせて彼らは死も考えることがあるという。

その相談相手のいない高校生が何故一足飛びに国会議員に請願なのかは、面会相手どころかすべてを秘書に任せている英知にはまったくわからない。

「スクール・カウンセラーはどうですか」

「うちの学校は常駐してなくて、予約して待つんです。相談を申し込んだことが知られて詮索されたら……」

嫌だ、と小さな声で高校生は言った。

ここにいる三人の誰にも、いや地上の誰にも言えないが、英知には実のところその気持ちがよくわかった。

高校生の頃に抱いていた同性への恋慕を、スクール・カウンセラーに相談するのも誰かに詮索されるのも絶対に無理だ。

だから誰にも言わずに、打ち明けず相談せず、英知は大人になった。

見てご覧それでも国会議員になれるんだよと、言ってやりたい心境にはなる。

「それでも、ここまできたじゃない。すごいよ、大きな一歩だ」

英知には決して聞かせないやわらかな声を、四郎は二人に掛けた。

「そろそろ時間だから、請願書の内容はまた相談しようね。請願書が出せるのは早くても次の会期になるだろうけど、時間をかけて丁寧に考えよう。大丈夫、時間だけは絶対あるから」

何事も終了を告げるのは秘書の役割で、ここまでほとんど口を挟まなかった四郎が愛想でなく二人の目を見て告げる。

「ありがとうございます」

「ありがとうございます」

四郎の声を聴いて安堵《あんど》したように、二人は頭を下げた。

「私も、お二人と話せてありがたかったです」

会計は先に済んでいて、「また」と一礼して立ち上がり英知が先にカフェを出る。

ついてこない四郎を振り返ると、二人の高校生と熱心に話していた。

「……笑っている……」

英知には一度も見せたことのない朗らかな顔で、四郎は高校生に接している。

冷たく整った顔立ちに馴染《なじ》んだ笑顔にも見えなかったが、代議士秘書の作り笑いにも思えなかった。

呆然と見ている英知の視線に、四郎が気づく。

席を立った途端笑顔は消えて、いつも通りの静かなまなざしとなった。

近づいてくる四郎を自棄《やけ》のように英知はよく見たが、初めて会った時に彼のことを「同姓同名の文芸作家」と似ていると感じた根拠が最早不明に思えてくる。

顔が整っている。きれいな顔立ちをしている。背格好が似ている。そんな気がする。

「お待たせしてすみません。緊張して食事が進んでいなかったようなので、食べてから帰宅するように伝えました」

進まなかったのは食事だけではなかったが、英知は無意味に嫌味を言わないことにしていた。誰かの心証を悪くしていいことなど何もない。

ましてやこの秘書は、よく斬れる刃物を持っている上に、隙を見てふと一歩今朝は英知の心に踏み入った。刃物を持ったままだ。

「いかがでしたか?」

これはいつものことで、四郎は面会の感想や手ごたえを英知に訊いた。

「いかが、か」

六月になって書記局を外されたのをきっかけに、請願や陳情の類を聴く時間が増えた。

党によって請願の内容がかなり違うことには、最初驚いた。委員会まで上がってこなければ、どんな請願がそれぞれ持ち込まれているのかは見えない。

本営から零《こぼ》れた案件だというのが、初手の感想だった。よく言えば得票数を意識せず、どんな少数派の話も党では聴いている。

「マイノリティの未成年者と接することには、大きな意義を感じたよ」

「自由党の時に請願に来た学生たちは、さぞかし弁が立ったでしょう」

本音を明かさない英知に、四郎は臆せず確信に触れた。

「それはそうだった」

「彼らはそれを糧《かて》にして、ここに戻ってくることもありますからね」

レストラン・フロアを出ながら半袖のシャツにグレーのパンツと今日もカジュアルな四郎が、悪い意味ではなくそのままを言った。

自由党に請願にくる学生は、弁論大会の覇者であったり生徒会長であったりと、突出した能力を持っていることが多い。請願書のたたき台も、なんなら年配の議員には扱えないデータも用意して演説する。

そのくらい優秀な学生は、こちらから頼んで官庁に入ってほしいくらいだ。

「率直に言って、言いたいことがまとまらないようでは請願の推薦はできない」

いくらなんでもこれは当たり前のはずだと、苛立ちは見せずに英知は告げた。

「聴きながらまとめていくんです」

「そもそも、どうやって彼らは面会にこぎつけた？」

事務室に直通のエレベーターホールに向かいながら尋ねると、立ち止まって四郎が英知を見上げる。

「先生にその質問をされるとは、正直予想していませんでした」

いつもの冷静かつ利発なまなざしから、常にある静かな力強さが薄らいでいた。

「請願しようと思いつくタイプには見えない。疑問を持つのは当たり前だと思うが」

「今日の今日まで先生はご自身でおっしゃった通り、僕の出したスケジュールを疑問を持たずにこなしてらっしゃったかと」

「何度か疑問に思ったことはある。今日の面会はさすがに経緯を訊きたい」

実際のところ、英知は本当に経緯を訊きたいわけではなかった。四郎の言う通り、言われたことをこなすのがせいぜいだし、それ以外に何ができるわけでもやりたいわけでもない。

だがあまりの不自然さに疑問を口に出したところ、思いもかけず四郎の痛いところを突いてしまったようで迂闊《うかつ》に藪《やぶ》に踏み入った。

「申し訳ありません。お察しの通り彼らは、請願したいと自ら望んだわけではありません。僕が声を掛けたんです」

「何処《どこ》で」

特に訊きたいわけではないのに自分から踏み入ったので逃げ方がわからず、上がってきたエレベーターに英知は乗り込みたかったが年寄りがやってきたので優先して控えた。

「そんなに不審でしたか」

「この二ヵ月請願者との面会の中で、違和感は何度か感じた。党が違うにしても、不審というより無茶だと思ったことは何度かある。それも君が通したのかもしれないが、そこは今後も好きにしたらいい」

現状英知には会いたい相手もやりたいことも、掲げるスローガンもないことは、四郎が一番よく知っている。

「今日尋ねたのは、さっき君が朗らかに笑っていたからだ。君は、子どもには笑いかけるんだな」

「いいえ」

笑っているところを見られた途端いつもの顔になった四郎は、見られたことを知っていて否と言った。

「違うのか？」

「子ども以外にも笑います。恐らく平均値に近いくらいには」

「党内でも笑わない印象だが」

「この二ヵ月がイレギュラーです。今僕は腫物《はれもの》扱いなので。そこは時間が経《た》つのを待っているところです。そのうち元に戻ります」

党内で四郎が腫物扱いだというのは、入党したばかりの英知に察せられることではない。

だが二ヵ月ということは、白州《しらす》英知の唯一の公設秘書、政務秘書兼第一秘書のすべてを任されてからの期間だと、英知にもわかる。

「そんなに」

「僕が先生に一度も笑いかけていないのは、僕の責任です。事務室で党人事の話と一緒にさせてください」

そんなに自分の秘書を引き受けたくなかったのかと英知に皆まで言わせず、押す必要のない点灯したエレベーターのボタンを四郎は二度押した。

「未成年者に敬語は適切ですが、『俺』、と言ってくださった方が彼らもリラックスしたかもしれません。次回はできれば」

先月四郎がそんなことを言っていたと、言われて思い出す。

「次か」

党人事も己の秘書が腫物扱いなのも何故なのかはさっぱりわからず、とうとう英知は今すぐ議員を辞職したくなった。

やる気など最初からなかったのだ。政治家として土壌の整った場所に生まれ育っている時にもやる気はなかった。もともとない。

他のエレベーターが下から上がってきて、開いた途端英知は目を瞠《みは》った。

「乗らないのか。臆病者」

先客は、英知がリークした神代元官房長官の長男、自由党代議士の神代壮太《そうた》だった。

「失礼します」

挑発に乗るなというように一瞬四郎の手が英知の肘に掛かったが、間に合わず乗り込んでしまう。

議員辞職という人生の岐路について考えていた。そのせいでエレベーターにも挑発にも乗らないという、普段の英知なら取るべき選択肢を見失ってしまった。

広いエレベーターに乗り合わせた壮太とは、神代家の敷地で一緒に育った。七つ年が離れていて、英知が物心ついた時には壮太の英才教育は始まっていた。家庭教師もつきあう相手も決められていたので、英知は神代家の次男につけられたのだ。

「自由党から出馬できる準備はすると、何度も言ったし婿養子の先も何度も用意した。何がそんなに気にいらなかった」

昨年十二月に、英知は自由党に離党届を出して神代家の仕事から辞した。

敷地の中で寝食をともに育った英知がなんのために神代家を離れたのか、ひと月も経たずに彼らは知ることになった。

「申し訳ありません」

知ってから半年、同じ建物内にいてもこんな機会は今日まで巡らず、壮太は問い質《ただ》したい思いが抑えられないのだろう。

当たり前だ。

「飼い犬に手を噛まれたという言葉を、私も父もよくかけられる」

壮太と英知、そして互いの秘書と四人しか乗っていないエレベーターは、過度に張り詰めていた。

「お言葉の通りです」

「父を見縊《みくび》るな。父さんはおまえのことを飼い犬だなどと思ったことは一度もない！　実の息子のように……それ以上に期待していたのがわからなかったのか‼」

「神代先生」

そんな人ではないのに感情を抑えられず英知の襟首を摑んだ壮太に、体を割り入れて四郎が呼び掛けた。

「我々の責任でもあります」

謝罪はせず、けれど真摯《しんし》に四郎が壮太に頭を下げる。

言葉は見つからず、襟も直さず英知もただ頭を下げた。

「……弟のしたことを恨んでるのか」

聞いたこともないような弱々しい壮太の声が足元に落ちて、息を呑んで英知は顔を上げてしまった。

「お先に失礼いたします」

英知の事務室があるフロアで、四郎が壮太に挨拶をする。

何も言えずエレベーターを降りて、英知は閉まる扉にもう一度頭を下げた。

「昨年までは神代元官房長官についていてらっしゃいましたが、壮太先生についていてらっしゃった時期も長かったそうですね」

無理に話を変えることも見なかったことにすることもなく、自然とエレベーターからの時間を四郎が続ける。

「予定とは違ったが、長かった。俺の方には彼に何も遺恨《いこん》はない」

四郎のそういう潔《いさぎよ》さを好ましいと、場違いに英知は気づいた。

「よく怒る人ではあった。いや、俺が悪い」

四六時中そばにいる秘書が四郎でよかったように、今初めて思う。

「広島の地盤を、俺のために準備してくれた」

時間を繋げてくれなければ、きっと英知は呼吸が止まったまま長い時間そのままでいた。

「さっき、おっしゃってましたね」

四郎は特別強気なわけではないと英知は思っていた。

とにかく静かなことには感心していた。

だが見たままではないようだ。恐ろしく根気がよく、人間が生きる地面としっかりと繋がり続ける強さを持っている。

「まだ二期目の秘書にその話を渡した時に、壮太先生にもういいと言われてお父様の方に回されたんだ」

「それは」

「……ああ」

考えたこともなかったが、あの時壮太が怒ったのは英知が自分で自分の未来を蹴ったと誤解したからだ。

それはさっき壮太が言った通り、家族の持つ感情だと今日初めて知る。

横須賀《よこすか》の山の手にある古くて広い神代の家で育った英知は、ずっと、一人の人のことしか思わなかった。

実の父から注がれた暗い澱に唇まで浸かって、愛した人に触れることは叶わず。

それでも決してその人は、英知の中から消え去ることはなかった。


「お疲れでしょう。明日にしますか」

一期目は最前列で気を張る衆議院本会議のことでも、夜になるまで長引いた超党派の意見交換会のことでもなく、事務室を閉める頃四郎は言った。

「君らしくないように思うが」

気遣《きづか》ってもらった通り疲れてはいたが、デスクを動かず英知は笑った。

「さすがに、事情は見えていますし。我が党が舵《かじ》を切ったようなものですから」

昼間エレベーターで壮太と乗り合わせた英知の心情を、四郎は案じてくれている。

「舵は間違いなく自分で切った」

「……とても聡明なお言葉です」

ふっと、英知はこの世界の中で自分がたった独りでいるように思えた。

聡明という名の鎧《よろい》を纏《まと》って本心からは誰とも触れ合わず、心を決して打ち明けず。

「六月の党人事の前から、僕に一任されていた件があります」

世界に足の裏をしっかりとつけている四郎が、英知を呼び戻した。

「今日までお話しできず申し訳ありませんでした」

何をとは言わず、四郎は応接セットから立ち上がって英知のデスクにタブレットを置く。

「失礼します」

英知に見えるようにして、背中から手を伸ばして四郎がデータを開く。

遠景だが一目で誰なのかがわかる写真画像が、英知の手元にあった。

四月に、恐らくは人生で最後に大切な人を抱きしめた瞬間が切り取られている。

この期《ご》に及んで心のうちで「恐らくは人生で最後」と呟いた自分の未練に、英知は呆れ果てた。

「どう、リアクションしたらいいのか」

画像の中の人に見入って、党人事の本題について想像がつくのに反応ができない。

こちらを向いているのは英知で、顔がはっきりと写っていた。挨拶や何かの弾みではないことも、よくわかる画像だ。

顔が見えている男は、抱いている人を狂おしいほど愛している。誰にでもそれがわかる画像だ。

「今日の学生たちは、僕の一存で請願を勧めた子たちです」

まるで違う話を四郎が始めたのかと、英知は一瞬誤解した。

「帰宅する時に自宅付近の駅で夜、何度も見かけました。あのぐらいの年齢の高校生が公園で深夜まで話し込んでいるのは珍しいことではないです。気をつけるように注意することもよくあります」

そういう経験が英知には皆無で、三十八の歳になって今更一つ一つ社会と触れているのだと、四郎と話していると少しずつ実感していく。

「あの子たちは、見るたび俯いて笑うことも少なくなっていって。不安になって声を掛けて、時間をかけて話を聴きました。初めて声を掛けたのは半年前です」

半年かけて、四郎は二人の高校生と話し続けたと言った。

そして請願しようというところまで、もしかしたら彼らの命を繋いだのかもしれない。

「不適切で御不快だったらすみません。もしかしたら先生ならと、思いました」

まるで違う話ではなく、今日の面会と目の前の画像は地続きの時間だった。

「……それはともかく、彼らが請願に向いているとは思えなかったが」

「何も言わない人が、何も考えていないわけではありませんから」

後ろに立っている四郎を振り返って見上げたせいで、英知はその言葉が自分の方を向いているると知る羽目になった。

「僕の判断で、申し訳なかったです。……画像データの話をさせてください。こうしたものは、対象者が最も社会的地位を上げた瞬間に週刊誌は出します。先生が当選なさった後、カメラマンが党に言い値を訊きにきました。釈迦《しゃか》に説法ですね」

「たくさん握りつぶしてきたよ。株みたいなものだな。これは売り時を見誤ったようだ」

四月と今では己の話題性は天と地だという自覚はある。

「我が党では、こうした脅しに対して一切金銭で対応しません。党員が外聞憚《はばか》られるスキャンダルを起こす可能性は常にゼロという前提で動いています。少なくとも法と社会倫理に著しく抵触した場合、即除籍を貫いてきましたから」

「ゼロか。知っていたつもりだがすごいな。じゃあこれは初めての……」

「この方が独身なら、外聞はまったく問題ないですよ」

四郎があまりすることのない驚いた顔を見て、英知はすぐにその訳を理解できなかった。

「先生は成人していますし、この方も未成年者だと見るのは無理があります。既婚者ですか？」

「……いや、結婚はしていない。この人も、俺も」

ようやく、染み入るように四郎の言っていることを理解する。

相手が同性であることは何も問題ではないと、四郎と、そして四月から英知が所属している組織は言っていた。

「驚いたな」

覚えず無防備な声が出てしまう。

「保守からいらっしゃって、目の当《ま》たりになさったら驚くかもしれませんね。ランチの時に、先生が高校生にご自身でおっしゃいましたが。あらゆる立場の人間にとって平等な社会制度を作ることは党の大きな目標の一つです」

「俺の言葉は教科書で覚えたような言葉だ。いつでも」

政治的発言をしても中身は何もないと、自分のことを英知はよく知っていた。

「この画像について僕が先生にご報告しなければならなかった理由は、とても残念なものです。こちらで門前払いしたところ、自由党が買い取ったと編集部内部から情報が入りました。そうすると、先生の心情を優先しなくてはなりません。画像をどう処理したいのか」

当選直後、二ヵ月前にこの画像は党に持ち込まれた。少なくとも書記局の人間は、この画像を見ているはずだ。

誰の視線もまったく不審を感じなかったことにも、英知は驚いていた。

「あなた自身が打ち明けていないあなたの性的指向について、打ち明けられていない我々が話し合うのも問題だと会議は難航しました」

「こんがらがっているな」

「おふざけにならないでいただきたい。我々は大まじめです」

「申し訳ない。こう見えても動揺している」

嘘のない心情を、英知は吐露《とろ》するほかなかった。

動揺しているのは、自分について誰かが知っていることではない。まだそこまで感情が追いついていない。

目の前に、すべてだった人を抱いている時が切り取られている。

その日から自分は呼吸もまともにできていないと、英知は知った。何故なら久しぶりにその人を見て、深く長い息が吐けて己の外側にある空気が体を巡っていったので。

「僕の話をしてもいいでしょうか」

動揺を憂慮してか、四郎もまた長い息を吐いた。

「そうしてほしい」

考えなく言った英知を離れて、応接セットの顔が見えるソファに四郎が腰を下ろす。

呼吸する英知を、しばらくの間四郎は見ていた。

「僕はゲイです。生まれてからずっと、恋愛対象は男性です」

考えたこともなかったので、英知は迂闊《うかつ》に驚きを目に映してしまった。

考えたこともなかったのは四郎がゲイだということではなく、四郎について英知はほとんど何も考えてこなかった。

四郎だけではない。切り取られたこの四月の日から、英知は誰のことも考えなかった。

一生だと信じていた恋が終わったことも、考えたくなかった。

「オープンにしていますが、わざわざ語ることでもないので先生には初めてお話ししました。ご存知なかったようですね」

「……申し訳ない」

考えなかったことと今の反応を、英知は謝罪した。

「先生が謝ることではないです。僕のここまでのあなたへの態度について謝罪します。本当に、申し訳ありませんでした」

不意に、きちんと頭を下げられて、さすがに謝罪の意味は英知でなくてもきっとわからない。

「多少ですが、不当に強く当たっていました」

「そういう人物なんだと思っていたよ」

謝られた訳はなんとか理解して、思ったまま英知は返してしまった。

「先生への態度は、僕の方に理由があります。僕の恋愛対象が男性であることは、先生以外の党員は皆知っています。公正と思われる態度で、みなさん接してくださっていると思います。ただ今回、この画像の件で先生の性的指向が不明となり」

「気遣い溢れる表現に感心する」

僅かにだが「藤原《ふじわら》四郎の話」が見えてきて、自分の与《あずか》り知らないところでとにかく大変だったことが段々と伝わる。

「党内でもマジョリティは異性愛者ですから、そこは単に社会全体の比率とさして変わらないです。なので、先生がおっしゃる通りこんがらがりました」

話し始めた時点で、四郎には珍しい疲れが漂った。

「というと？」

ふた月ぶりの呼吸は深くめまいを呼んで、手元の画像からいったん心を離したい。

「先生は突然神奈川二区に議席をぶんどってくださった……失礼。議席を増やしてくださった、イレギュラーなスターです」

「スターを欲しないイデオロギーなのにな」

「まあ、そこは置いておきます。社会党は存在感はありますが、いつも人が少ないです。日本の労働環境の改善を求めながら、我々が寝ていない有様です」

「パラドックスだが、始まりはそういうものだろう」

いつまでも始まらないことは英知も承知していたが、ここにいる人々が無駄な努力をしていると思うほど愚かなつもりはなかった。

「先生の擁立《ようりつ》には党内からの反発も少なからずありました。先生は、突然保守の中枢からリベラルに転向したいわば」

「危険物だ。爆弾みたいなものだな」

反発の声は、英知も実際に聞いている。

写真の中の人を取り戻すために行動しようと考えて、まさにこの衆議院議員会館内で社会党の人間を観察した。

リークと転向を持ちかける最初の一人を見誤っては、計画はなし得ない。

議員ではなく、書記局の党員に声をかけることに見定めた。

地固めをしながら擁立の話になる頃には秘密裏に会議をすることになり、「リークは欲しいが特殊な議席は不要」という冷静な意見も直接聞いている。

「ご理解いただけていて大変ありがたいです。その爆弾につけられるような秘書が、僕しかいませんでした」

続く打ち明け話に、こちらは想像できたはずなのに英知は目を見開いてしまった。

「何故第二秘書の存在感が薄いのだろうとは思っていた。そうか、ここは常に人手不足だった」

「何故僕しかいないのか尋ねていただける日を、実のところ心待ちにしていました。その日が来ないもので、こうして長い打ち明け話をしている次第です」

「悪かった。確かに君は一人で爆弾の政務秘書ができてしまうほどに有能だ。若いのに末恐ろしいとは思っていた」

「リベラルに於《お》いて有能さの半分は若さです。ここ数年の社会進化速度は激しいですから。先生が長年保守にいらっしゃったことも、僕しか担当できない大きな理由です。僕しかいない状況でありながら、党内には躊躇《ちゅうちょ》がありました」

「どうして」

今日初めて聞いた理由だが、「十年以上自由党で燻《くすぶ》っていた白州英知」の秘書が「二十八歳の有能な藤原四郎」しかいないというのは当の英知も深く頷くしかない。

「とても、言いにくいです。というより言いたくありません」

「申し訳ないが俺にはまったくわからない」

躊躇する者たちの心情を、現段階で想像するのは無理だった。

「先生が『政界のアラン・ドロン』と銘打たれるような男前の上に、その画像では男性を抱きしめていらっしゃるからです。『白州先生の秘書なんて嫌だよね、いろいろ詮索されて。あ、私はしないよ！』『画像の件は誰か別の人に。四郎くんに訊かせるなんて酷だよ』」

「酷……？」

「何が酷なものか。まったく好みじゃありませんあなたのような」

年配の党員たちの言葉を反復していたせいか普段見せない苛立《いらだ》ちを出してしまって、四郎は個人的見解の半分を言葉にしていた。

そこは聞いても仕方ないので英知としては聞き流したい。

「リベラルの中にもそんなことを言う人がいるのか」

保守では当たり前に存在するが、ここにはいないという幻想が英知にはあった。

「毎日人権意識が進化しているので、自分も追いつけてるか不安ですが。仕上がってしまったおっさんはどこも同じです。おっさんという生き物です。『いや私は家事手伝いますよ。料理が趣味で。得意な方がやればいいんですよ。ローストビーフが得意です』とか、『女性が党首でも私は大丈夫です。女性の部下になることも自分は大丈夫です』とか言っちゃいますから」

先日公開討論の演習があったことを英知も思い出して、頭を抱える四郎に天井を見上げるしかなかった。

「ローストビーフは、台所に不慣れな年配男性が年に一度作るより買った方が圧倒的に低コストです」

「それは俺も同意見だ」

「家の中ではご自由になさってくださいですが、今人前でこんなことを言われたらすぐ炎上です。男女なら起こらない躊躇《ためら》いだと気づいてくださいと、僕はブチ切れました」

「君がブチ切れるところは想像しにくいが」

「昼間申し上げましたが、その時盛大にブチ切れたのでこの二ヵ月腫物扱いです。反省を促すために態度を敢えて硬化させているので、この二ヵ月笑っていません。会期の終わりには笑う予定でいます」

「随分と強い意志だなそれは……」

期限を切ってその場での態度を決めるというのは、正直英知はできるような気がした。それは長い時間人前で本音を見せないで生きてきた英知の習い性《せい》だと言える。

「ブチ切れたんですよ」

だがそれを他人がやっているとなると驚きでしかない。

ましてや四郎は、今の今まで「ブチ切れる」などという言葉遣いをするタイプにはまったく見えなかった。

けれど彼の持ち物としての学生たちへの笑顔を、英知は目撃している。

「おかしな気遣い、回りくどい遠慮と配慮、果ては不愉快な憂慮」

「慮で終わる二字熟語を、そこまで正確に使い分けるのも聞いたことがない」

「茶化さないでください。その気まずさに耐えかねて喧嘩腰で引き受けた次第です。あんな風にかっこつけて記者会見でジャケットを脱いであまつさえネクタイを外すような男など、一ミリも好みではないのでご心配なくと会議室の机を叩いて立ち上がりました」

「……いくらなんでもあんまりじゃないか？　党の方で用意したコンサルに従っただけだ！」

痛みを感じないように生きてきた英知にとって、その日は人生で最も羞恥心を掻き立てられる日で、思わず声が大きくなった。

「先生もさすがに恥じているのですね……申し訳ありません」

初めて聞く英知の大きな声に驚いた四郎に、憐れみを込めたまなざしを向けられて、言い返す言葉がすぐに見つからない。

「ちなみに彼女はコンサルではなく専任の選挙広報です。今のは理解のなさと思春期の少年のような恥ずかしさに我を失った発言でした。本当にすみません。それにしてもあの日のあなたは最悪でした……アラン・ドロンというよりは、『風と共に去りぬ』のレット・バトラーを彷《ほう》彿《ふつ》とさせる不愉快さでした」

ずっと堪えていたのか言ったが最後止まらない四郎に、英知はデスクに肘をついて眉間を押さえた。

「観ておくようにと『風と共に去りぬ』のディスクを渡してきたのもその広報だったんだが」

「世代の女性の心を鷲《わし》摑《づか》みにして得票数が伸びたので、広報は優秀です」

「キャプテン・レットは嫌いか」

勢いで言いたいことを言ったせいなのか更に頭を抱えている四郎に、けれど同意と同情はあって英知はなんとか当たり障りのない言葉を探した。

古い映画はたくさん見ている。神代家と父と、つきあいのようだったが皆でよく映画を観にいった。

神代壮一は珍しく映画の時間を楽しんでいたのを、英知は覚えている。

「今ならレットはスカーレットへのふるまいのいくつかで刑務所行きですよ」

「無理やりキスをしていたな。確かに犯罪だ」

「僕は性的な行為には完全なお互いの同意がなければ絶対にいやです。ただ先生がシナリオ通りに動いたこともしっかり覚えています。周囲のいらない気遣いに苛立って、結果先生に必要以上に冷徹な対応をしていました。本当に申し訳ありませんでした」

「その上溜まりに溜まった広報に仕立てられた俺への罵《ののし》り……それこそ何かしらのハラスメントなんじゃないのか」

「おっしゃる通りです。そんなあなたに僕が夢中になるのではないかとおっさんたちに本気で心配されたことがあまりに腹立たしく、溜まり過ぎていました。どうかお許しください」

「まあ……気持ちはわかるよ。もっと早く尋ねてくれればよかったと、言いたいところだが当選してすぐこの画像を見せられて確認されたら、どうなっていただろう。

「このくらいの猶予《ゆうよ》をもらえたのは俺にはありがたかった。躊躇ってくれたことに礼を言うよ」

考えても、英知には想像がつかなかった。

手の中にいたはずのこの人が、四散するかのように消えた。その刹那《せつな》の時だ。

「このお話をせずに済めばよかったんですが。画像を買い取られているので、お伝えしなければいけませんでした」

「画像、俺ももらっていいかな」

「え……あ、はい。データなので先生の端末で確認していただいても」

もらっていいかと尋ねた英知に、四郎が首を傾げる。

「あなたの持っている愛について、他人が暴《あば》きたてるのもとやかく言うのも罪悪だと僕は思いますが。あなたが性的マイノリティならそれを暴くだけでも論外です」

保存してある画像を、四郎はすぐに送信した。

「仕事とはいえ、君の倫理の中では尋ねるのに躊躇し続けたわけだ」

「そういうことです。画像自体は、先生がいいとおっしゃるならこのままにします。社会党としては問題になる画像ではありません」

「だが俺がもし夜にも灯る行燈《あんどん》になって目覚ましい活躍をしたら、その瞬間自由党からGOが出るわけだ」

「はい」

どうしたものか、英知も考えないわけにはいかない。

自分のパソコンに、同じ画像が届いて大きく開いた。見る者が見れば、英知が手加減なく掻き抱いている人が誰なのかは突き止められるかもしれない。場所ははっきりオペラシティだとわかるし、画像から日時も読み解ける。

顔の見えない背の高い金髪の青年が、画像の隅に写り込んでいた。

「エレベーターで、壮太先生がおっしゃっていた」

四郎が話を変えたのだと、英知は思った。

「壮太先生の弟さん、神代元官房長官のご次男については我々も調べています」

そこまで言って、問うように四郎が英知を見る。

誰が何を何処《どこ》まで知っているのかわからない状況下で、俄《にわ》かに英知は心のドアを閉ざそうとした。

「僕はあなたの第一秘書なので、リスクは教えていただかないと困ります」

閉めようとしたドアに、四郎が手を伸ばしてくる。

「教えたらどうなる？」

パタンとはいかず、英知は訊いた。

「先生を必要最低限お守りするのが僕の仕事です」

「そうだった」

秘書とはそういう仕事だったと、かつての自分を遠く思う。

「ご次男については、俺へのリスクはない」

弟のしたことを恨んでいるのか。

本来ならきっと人前では言わない、心身から零《こぼ》れてしまった壮太の声は悲痛だった。

「けれど、壮太先生があのように……」

ため息を吐いて、四郎がソファを立つ。

自分の鞄から一冊の文芸雑誌を取り出して、デスクに置いて開いた。

そこには、英知が抱きしめた人と、十年以上夜に通い続けた鎌倉の洋館。そしてその人を英知から攫《さら》っていった金髪の青年が、まるで家族写真のように写し出されていた。

「この雑誌を選んだことに他意はないです。ご容赦ください。全身のお写真がなかなか見つからず。このお写真の背格好が、先生とご一緒してらっしゃる方と一致します」

同姓同名の文芸作家は、英知には見慣れたスーツを着てネクタイをいつも通りウィンザーノットで結んでいる。

隣にいる青年のネクタイもきっと、彼が結んでやったのだろう。

シャツからスーツまで、すべて浮嶋《うきしま》という老人が仕立てている。「坊ちゃまのお洋服は自分でなくては」と言うので、神代家には内密に縁を繋ぎ直したのは英知だ。

「この画像にも金髪の方が写り込んでいます。中央部分のインパクトが強すぎて、画像を巡る会議の時皆気に留めていませんでしたが」

「君だけが、一致させているというわけか」

白州英知と同名の文芸作家、「白洲絵一《しらすえいち》」は、壮太の弟で神代元官房長官の次男だ。

十八で神代家の敷地から出たその人を、「坊ちゃま」と呼んで英知は育った。壮太ではなく、二つ年下の次男を生涯支えるのだと、亡くなった父に命じられた。

支えるのは政治的にという意味だった。だが彼は神代家の政治を嫌って背を向けた。

「ご長男が今日言っていたこととこの写真は、まったく別の話だ。リスクはない。本当だ」

「壮太先生のご様子から、それはわかる気がしました。個人的な質問をしてもいいですか。不躾《ぶしつけ》ですが」

「……どうぞ」

「神代家の方々は、どなたもご存知ないんですか？　先生と、この方のことを」

何か、党とは違うことを四郎は案じている。

四月に抱きしめたこの人を英知が愛したのは記憶の最初で、神代家との深い関わりの中で三十年以上愛したことになる。

「恐らく、俺の父親だけが気づいていた。もういないのでそれは安心していい」

父がそれこそすべてを捧げていた神代家には、英知は隠し通した。

「父の存命中に本懐を遂げようとしたら、父は俺を殺して腹を斬っただろう」

まなざしで「坊ちゃま」を抱く英知に気づくたびに、父は息子を殺してしまうほど殴った。

「本当にそうしたよ。父は」

傍らに立ったまま沈黙した四郎に、英知が肩を竦《すく》める。

「疑いはしません。そういう親御さんは掃いて捨てたいほどいます」

「君の」

迂闊に、英知は四郎と四郎の父親のことを尋ねそうになった。それは以前叱られたことだ。聴きたかったのは、自分には父とのことが唯一の出来事だったからだ。愛した人のことも唯一のことだ。絶対にそれを許さないだろう家で、同性を愛した。

誰にも言えず。誰にも頼れず。

父を息子殺しにしないために、可能な限り自分の思いを隠した。殺された時には墓場にだけ思慕は運ばれ、誰一人知らない恋として葬られるのだと信じていた。

「僕の家の話はいつでもしますが」

秘書は、やはり何か怒っている。怜悧《れいり》で、謝罪されたように強く当たられていたが、それにしても時折秘書は怒っている。

英知が出会ったことのない、不思議な怒りだ。

「家族の話は、訊いてはならないものなんだろう?」

「迂闊に尋ねてはいけません。あれは教育です。僕から打ち明ける分には、それを先生が聞いてくださるなら問題はないと思います」

「……聞いてみたいが」

静かで、毅然として、誰にも自分の性的指向を隠さずそのために表から制度を変えようと働いている、二十八歳の青年が存在する。

彼のように歩く道があったことをちゃんと知るのは、怖かった。

もうその分岐点を、英知はとうに通り過ぎてしまっている。あることも知らなかった、決して戻れない道だ。

「俺の方から酒に誘うのはハラスメントだったような」

そろそろここも出た方がいいし、これ以上立ち入ってお互いに話すなら酒がほしいと、暗に英知は訴えた。

「お酒は呑まれないと伺いましたが」

「面倒なのでずっと『嗜《たしな》む程度』と答え続けている。呑みたい人となら呑むよ」

「あの」

一歩、四郎が英知から離れる。

「好みじゃないって僕今、言いましたよね?」

「口説《くど》いているつもりはない!」

「すみません。あなた言い方がちょっと……」

ちょっとの先を声にするのを、四郎はなんとか控えたようだった。

「当事者にさえこうしてややこしい。あまり年配者を責めてやるな」

「年配者は甘やかしたら最後です。お酒を呑むなら僕は運転できませんが、あなたのことは現状公共交通機関を不用意に使わせる気にはなれません」

「酒一杯呑むにも大変だ……待ってくれ秘書時代の自分を呼び起こす」

こういう場面でも適切に呑む方法はいくらでもあると、腕を組んで英知は去年までの自分の仕事を思い出した。

「君の自宅近辺に俺が宿を取るか、または銀座辺りで呑んでその付近にシングルを二つ取るか」

その二択のどちらかでどうだと、英知が立っている四郎を見上げる。

「社会党的には呑みは新宿か高円寺辺りですが、知っている人に会うのもまた面倒ですね」

二人で呑んで、党内の人間に四郎が心から会いたくない理由は、たった今聞いたところだ。

「三つ目の選択肢を提案させてください」

デスクを離れた四郎は、もう帰り支度を始めていた。


「世界を変えると、おっしゃらなくなりましたね」

夜の首都高速を走り抜ける時にも、四郎《しろう》は沈黙しなかった。

「見ての通りだ。変えられると思っていない。思っていないことを言い続ける気力ももうない」

自棄《やけ》になって、英知《えいち》はスマートフォンでさっき四郎から送られた画像を開いていた。

「突然お部屋に上がることになってすみません。セキュリティチェックをしてお話を伺ったら

「帰ります」

「君は酒は」

四郎の提案は、酒が必要なら横浜までいつも通り送って英知だけ呑む。だった。

「車はコインパーキングに入れて、呑まずに帰りますよ。先生にお酒が必要なのはわかりますが、僕の方は素面《しらふ》でいないと。画像についてどうするか結論は必要でも、先生を急がせるつもりはないです」

尋ねるのに二ヵ月躊躇《ちゅうちょ》してくれたのだから、それは言う通りなのだろうと英知も納得する。必要がなければ、笑わない秘書のまま訊かなかったのかもしれない。

この話をしなくてはならないと四郎が今日思ったのは、英知が党人事の話をしたからだ。

「書記局にいて不死鳥のように活躍しては、画像が出るかもしれないと気遣《きづか》われた人事か」

「不死鳥ほど死んでませんよ」

意味は不明だが、四郎の言いたいことはわかる。

蘇るほど派手に死んでもいない。

「なんというか。俺は意固地だな」

自分のためにこの時間から四郎に素面で父親の話をさせるには、夜景が鮮明過ぎてついに申し訳なさが勝った。

「そうですね」

「君と接していると、こと自分の意固地さが馬鹿に思える」

いつもの声で是と言われて、苦笑が漏れる。

「話せる範囲で、俺から話すよ。だが」

党と、人事と、そして自分とその人のために、何から話したらいいのか。

「話したくないんじゃなくて、人に話そうと思ったことが一度もないので言葉がまとまらないんだ。話し方がわからない」

「ご自身のペースと、ご判断にお任せします」

促されて、神奈川県に入るほどには英知は時間を必要とした。

「自分の性的指向は正直わからない。何故《なぜ》なら生まれてこの方一人の人しか愛したことがない。その人が、皆が今持っている写真や情報の一致点にいる人だ」

「同姓同名の」

「あれは彼自身が誰にも相談せずにつけた筆名だ」

名前を乗っ取ったと、愛した人は自分で言っていた。

バックミラー越しの四郎のまなざしが、名前を奪った人をあきらかに咎《とが》めている。

「まあ、そういう顔になるだろうな。壮太《そうた》先生は、自分の弟が俺の人生を乗っ取ったと思って。それで逆恨みして今回の行動になったと思っているようだ。今日の様子だと」

そうとしか受け取りようがないことは考えれば想像できたはずなのに、英知は想像しなかった。

立ち上がったときには、今頃その人とともにいられると信じていたので。

「実際は幼い頃から唯一愛した人だ。この四月に完全に振られたがね。議員会館でそのことを知る人は」

なんなら世界を見渡しても、英知には人間が見つけられない。

否。一人だけ、見たくない金髪の青年が見えた。

「存命人物では君一人だ」

「……存命人物、ですか」

亡くなった父を除いてという言葉を、四郎は汲み取ってくれていた。

「愛し合っていたつもりだったが、これ以上何も望まないと慢心していたら他の男にとられた。年下の、金髪の、頭の悪そうな、頼りがいもなさそうな」

泣きながら、その人をもぎ取っていった青年を、英知は忘れようがない。

「けれど光のような青年だった」

自分も、愛した人も知らない、朝に差し込む光のような青年だった。夜明けをもたらす抗《あらが》えない光だ。

朝が必ずくることを、英知は知らなかった。

それで帰る暗がりも失ったままあきらめた。

生きるすべてだった、唯一の、愛する人を。

「話してくださって、ありがとうございます。改めて、冷静に答えてください。画像の件、どう対応するのが望ましいですか？」

真摯《しんし》に、四郎は言った。

それは難しい問題で、事務的に処理するしか方法がない。

「本意ではないが、神代《かみしろ》先生の親族だと自由党に理解していただくのが早いだろう。表に出ると痛いのは保守の方だ」

できれば神代家の人には、知らないでいてほしい。

知らないでいてほしい理由が、けれど自分には判然としないとふと気づく。

その人を愛するごとに父に殴られたから。ただそれだけだ。父は息子を殺すほどに、その愛を憎んだ。

なのにもう既に四郎には知られていて、自由党内でも幾人かは知ることになる。

「そうですね。自由党はあの写真に高い無駄な金銭を支払って……何処《どこ》から出てるんでしょうね」

「何処からでも出るさ」

今もそれを完全に罪悪だと、英知は思えていない。自分がその人を愛したことを、神代壮一《そういち》に知られずに金で揉み消せるならありがたくて泣くかもしれない。

亡くなった父の意志だからだけではなく、英知自身壮一には知られたくなかった。

長い時を、封建的な家父長制の中で生きてきた。父権主義は英知には息をすることと同じだ。

本当にリベラルの代議士に向いていない。二期目は間違いなくないだろうと思うと、党をこれだけ煩《わずら》わせたことを申し訳なく思った。

「文壇の貴公子と同姓同名であることは、方々で時々話題にはなります。けれどあなたの名前は本名だとわかっていますし、そんなに特徴のある響きでもないので偶然だろうと話は終わります」

広まらないだろうと、四郎が言った。

「それならいいが」

不安を半分ほど残して、英知が画像を閉じる。

「……方向性が決まったので、セキュリティをチェックして僕は帰宅します」

「遅くまですまなかった」

四郎から家族の話を聴く必要はないと、英知は謝罪した。

聴きたい気持ちは残っていた。

聴くのが怖い気持ちも、同等に残っているけれど。

二階のワンルームマンションに人をあげるのは初めてだったが、英知に躊躇《ためら》いはなかった。

「びっくりするほど物がない部屋ですね」

築四十年の、キッチンとダイニングが繋がっているワンルームを一目見て、四郎が呆れ返る。

「引っ越したばかりだ」

書類と着替えと布団が隅に畳んである古いフローリングの部屋には、安物の布がカーテンの代わりに掛けたままになっていた。

「嘘をつかないでください。半年以上経《た》ってます。このカーテン……うわただの布だ。灯りをつけたら外から丸見えじゃないですか、常夜灯にしてください。鍵もこんな、ベランダからガラスを割られたらおしまいですよ」

本当にセキュリティを確認して、四郎が非難の声を上げて自分で常夜灯に灯りを下げる。

「国会議員がこんなところに住んでるなんて、誰も思わないだろう」

「今朝見ていた人は気づいたと思います。限界ですよ。それに議員宿舎には備え付けの家具もあります」

引っ越しを促しながら、四郎はコンビニの袋を床に置いた。

「外から見ていた時に、鍋も薬缶《やかん》もないような予感はしていました」

コインパーキングに車を停めた四郎は、英知のために適当なウイスキーと氷を買ってきてくれていた。

「僕はノンアルのビールを一本だけ呑みます。こんなに何もなくてよく半年も暮らせましたね」

「何も置きたいものがない」

グラスはギリギリあって、英知が党の領収書が切られた氷にウイスキーを注ぐ。

これは四郎の酷《ひど》い残業だ。

「理由を聞いてもいいですか」

「……画像の人とは幼い頃から多くのものを一緒に見て、彼の部屋もすべて一緒に美しいと思ったもので埋め尽くされていた。その記憶がまだ鮮明だ。だから何も置きたくない」

ネクタイを緩めて一応缶と乾杯しようとすると、見たこともない顔で四郎が英知を見ている。

「君の顔に」

態度を硬化させるための冷徹な仮面は、外れて落ちていた。

「どう引いて見ても、この上なく気持ち悪いと書いてある」

二十八歳らしい、他人の恋愛に対する遠慮のない感情が、油断した四郎の表情に浮かび上がっている。

「そんなことは……」

「いつでも冷酷無比な君の顔にしっかりと書いてあるが」

「冷酷無比なんて！　そんな！　口に出さなかっただけ偉いと言ってくださいよ！」

昼行灯《ひるあんどん》の代議士に心を読まれて動揺したのか、読まれたことを四郎は吐露《とろ》してしまった。

「君がそんな大きな声を出すなんて……本当に気持ち悪いと思ったんだな」

「す、すみません!! それでこの厨二病《ちゅうにびょう》みたいな部屋に半年もと思ったら……本当に本当に申し訳ありません！」

「そんなに気持ち悪いかね」

厨二病という言葉の意味は知っていて、使われた途端英知にもこの部屋に半年住んでいた三十八歳が俯瞰《ふかん》で見えてしまう。

「気持ち悪いというか……いやです！ 性的指向関係ないです。あなた広報のシナリオ通りにやれた筈ですよ！ もう思いっきり振られたんですよね？ なのに執着激しすぎます！ よしましょうよ！」

心情を吐露して身につかない動揺を纏《まと》った勢いで、うっかり四郎は英知のグラスに手をつけて思い切りウイスキーを呑んでしまった。

「ああ呑んじゃった！」

これでは運転できないと、四郎が悲鳴を上げる。

「床しかないが、寝ていけばいいさ」

散々な言われようは今の自分に似合いに思えて、却って気が抜けて英知は足を伸ばした。

「そうですね。雑魚寝《ざこね》は得意です。せっかくなので先生を説得します。初恋が終わったのなら、それは忘れましょう」

「何故」

「誰かを愛するのはあなたの自由ですけど、その重い執着を自分一人で抱えていくの無理でしょう？　また何かしますよ。黒いジャケットをかっこつけて脱いだりネクタイ毟《むし》り取って演台に叩きつけたり、オペラシティで片思いの相手を派手に抱きしめたり」

「やったら駄目かね」

並べられると若干死にたくなって、まさに毟り取ったネクタイを英知は床に投げた。

「その話し方、保守のおじさんそのものです……」

大きなため息を吐いて、観念して四郎が自分のための水割りを作る。

氷がからんと音を立てるのを聞いて、致し方なく英知は四郎とグラスを合わせた。

「先方が独身ならいいですが、パートナーがいらっしゃるんですよね。駄目ですよ」

「結婚はしていない。雑誌に載っていた通り相手も男性だから」

「それは制度の不備です。党が道を切り開こうとしていますがまだ成し得ていないので、邪魔しないで差し上げてください」

自分の抱えてきた愛情について、他人にそんなことを言われたのは英知は初めてだ。

人に自分の愛の話をしたことがない。

一度も。

「随分じゃないか……一分《いちぶ》の可能性もないと何故断言できる」

「ほらあきらめてない！　ここまでやって振られたんですよね？　推測するに、国民と神代元官房長官を巻き込んだ大転向劇もこの人を得るためだけにやったんですよね」

「ああその通りだ」

自棄《やけ》を起こして、英知は言い放った。

初めて人に話しているが、誰かに話すことがあるとは思ったこともないし、こんなごく普通の話になるとは考えたこともなかった。

「それは光のような青年にとられるし、お二人もお幸せだと思いますよ」

こんな憎らしいことを言うような秘書に、よりによって何故話さなくていいことまで話してしまったのか。

「あんまりじゃないか……」

「すみません！　今のは秘書としての意見ではなく、個人としての感想です」

「通販広告か。……誕生日もクリスマスも、特別な日はいつも一緒だった。去年まで、ずっと。

本当にあんまりじゃないか？」

呟いた声が情けなくて、けれどそれこそが今の自分だと不思議に納得できた。

「同情はします」

よりによってこの秘書に話したのは、この秘書だからだと英知にもわかる気がした。

閉めようとするドアに、腕を伸ばしてくるようなところがある。

彼が時折怒って見えるのは、仕事の先に踏み入っての感情に、見えた。

助けようとする。四郎の手は、人を。

「なんの手だ?」

気づくとイメージではない手が、英知の眼下にあった。

「画像、返してください」

「もらったものだ。いくらでもコピーできるだろうこんなもの」

「その未練は、あなたを蝕《むしば》む毒ですよ」

不意に、やさしいわけでもない、けれど隙間から流れ込む水のような声を四郎が聞かせる。

堪えきれないというように、そのまま彼は横たわった。

「毒で死なれては困ります」

服を着たまま床に横たわって、自分の肘に四郎が頭を置く。

「僕は酒に弱くて」

大きなあくびを隠す気力もないようだった。

「呑むとこうなります……僕と父の話は、よかったら明日聞いてください」

言いたいことを言って、四郎が三秒とかからずに眠ってしまう。

無防備に小さな寝息を立て始めた四郎に、英知はどうしたらいいのかわからずただ酒を呑ん

だ。

「本当にまったく好みじゃないらしいが、それは俺にも言う権利がある」

四月には見たくないと思った四郎の顔を、じっと見つめる。

「最初に思ったより似てないというか」

画像の人に似ているので嫌だと思ったのが、二ヵ月前だ。

「まったく似ていないな」

少し目元がきれいなところが似ている。その程度だ。

「誰でもあの人に見えただろうな。四月の俺は」

気づけるくらいには、正気に近づいた。

だが英知は正気の自分をよく知らない。

焦《こ》がれる恋と一緒に、いつ殺されてもおかしくないという思いの中で育った。

今、辛《つら》いんです。

誰にも相談できません。誰にも話せない。

寄る辺ない高校生たちの声が、英知の耳元にちゃんと居残っていた。

「俺ならと、何故思った」

四郎の瞼《まぶた》を見ると、疲れ切って青みを帯びている。

「彼らと、俺は何も変わらないのに」

誰にも、何も話せない。

初めて自分の話をした青年の瞼を見て、英知は力なく酒を喉に通した。

窓の隙間から、夜風が入り込む。

呼吸ができている自分には、はっきりと気づいていた。


少しの頭痛とともに、英知《えいち》は目覚めた。

覚が変わってつきあいで呑まされることがなくなり、酒に弱いわけではないが呑みたくて呑んだのはいつ以来かわからない。

もしかしたら昨夜が、人生で初めてだ。

「少年のように加減がわからなくなるものだな……」

窓に雑に張った布から六月の朝陽は燦燦《さんさん》と差し込み、無意識に手の甲を目の上にやる。

「なんですか、起きるなりその独り言」

さも気味が悪そうな冷淡な声が聞こえて、そうだった秘書の四郎《しろう》と雑魚寝《ざこね》したんだったと思い出した。

「お水でもどうぞ」

枕もとに洗い直したグラスを置かれて、渋々と水を飲みながら英知が起き上がる。

見ると、四郎はとっくに起きていたのが一目でわかった。

ノートパソコンのキーボードの音が止《や》まず、いつからなのか四郎は仕事をしている。

なんの仕事をしているのだろうと、英知はぼんやりと四郎の手元を見た。自分の秘書時代はだいたい代議士の答弁原稿を書いていたが、昼行灯《ひるあんどん》の白州英知は長らく国会で無言だ。

一度コンビニに行ってきたらしく、二人分のおにぎりが置かれていた。

「いつ起きた」

昨夜横浜のこの古いマンションについた時間が、もう深かった。

酒に弱いと四郎は呑むとすぐに寝てしまったが、そこから五時間ほどしか経っていない。議員会館に向かうにもまだ一時間は余裕があった。

「一時間前です。僕はショートスリーパーで、体質的に四、五時間眠るとスッキリ働けます。昨日の高校生と先生の対話をまとめて、請願に繋げる統計データと紐づけられないか確認していました」

本人の言う通り短時間睡眠で機能的に働ける上に、四郎は多様な案件を整理して同時進行できるらしい。

「本当に四郎くんはこの仕事に向いているな」

秘書時代、英知も睡眠時間は多くてその程度だった。だがそれが自分の体を健《すこ》やかにしてはいなかったらしいと、当時よりまともな睡眠時間が与えられた今知った。

もっとも国会議員がこんなに休めていいはずはないのだが、昼行灯の英知は勉強会とヒアリングが主たる仕事で他の議員ほど働いていない。

過去に英知が多様な案件の整理や処理をしていたかどうかは、考えるまでもない。請願も陳《ちん》情《じょう》も一方向で、単調さを疑問に思う時間はなかった。

「代議士として足りないのは、最早年齢だけだ。君は」

神代《かみしろ》家の代議士たちは有能だが、党を移った途端ばっさりと消えた種類の付き合いがある。その準備を、秘書時代の英知は無心でこなした。無駄だと気づかないように敢《あ》えて思考を停止させていたと、理由のよくわからない付き合いがなくなって知った。

そういった類《たぐい》のことはたくさんあった。

「僕は代議士にはなりません。社会党には党員として尽くします。いずれはＮＰＯを立ち上げるかもしれません」

思考し続ける四郎の方がよほど代議士に向いている。いや党に必要な存在だろうと英知が思った途端、パソコンを打つ手を止めて四郎は顔を上げた。

「どうして」

「僕の家の話をしてもいいでしょうか」

尋ねられるのをわかっていたのか、丁寧に四郎が断りを入れてくれる。

よかったら明日話すと言ったことを、ちゃんと覚えていてごまかさない。

「……聴いていいなら」

それは昨日、英知がとても聴きたくて、けれど大きく躊躇《ためら》ったことだった。

同性に恋をした自分とそんな息子を何度も殺そうとした父とのことは、英知には密室で起こった唯一の出来事だ。

そうだ。「家庭は最も気密性の高い密室」だと四郎が言っていた。

同じようなことが他の家庭でもあったと想像さえせず、いつも目の前の暗闇で視界は埋め尽くされていた。

そういう親御さんは掃いて捨てたいほどいます。

思いを遂げたら父に殺されただろうと語った英知に、四郎はそう言っていた。

「僕が社会党の代議士にならないのは……あ、おにぎりどちらがいいですか？」

朝飯を食えと、四郎が二つのおにぎりを指す。

梅とシーチキンの文字を見つめて、英知は梅を取った。

「ありがとう」

「大丈夫です。領収書もらってます」

朝起きて水を飲んで、何かしら腹に入れるというのは、四郎にとって当たり前の一日の始まりのようだった。

「先生には食べ慣れないものかもしれませんが、意外とおいしいですよ」

「あそこの角のコンビニのおにぎりなら、俺はほとんど毎日食べてるよ」

三代に亘《わた》る高名な代議士の屋敷で育ったので慣れないと思われたのはすぐにわかって、英知が苦笑する。

「今は、だが」

神代家とともにあった頃には、実際コンビニ食とはあまり縁がなかった。

「確かに意外とうまい」

呑みたいから酒を呑んで、目覚めて水を飲んで、そしてコンビニの梅おにぎりを食べる。しっかりうまいと感じて、ほとんどのことが初めてのように英知は感じていた。

「僕が社会党から出馬しないのは」

半分以上英知がおにぎりを食べているのを目視して、四郎が話し始める。

昨日途絶えた話を、なかったことにして曖昧《あいまい》に終わらせない。起きて、水を飲んで食事をして、そして昨日の続きをする。

そういう四郎が羨《うらや》ましくもあったが、英知には同じ地平に立つのはとても難しかった。

昨日の夜、呼吸ができていると気づいた。

けれどそれは、英知には長い時間の中でほとんど継ぐことのなかった呼吸だ。

「父への、息子としての精一杯の敬意です」

打ち明けられて、おにぎりを食べる英知の手が止まる。

期待と言えば随分不適切だが、期待とは真逆の言葉を聴くことになった。

「……敬意」

疑問形にしないのが、なんとか叶《かな》った礼儀だ。

「双子の兄の三郎《さぶろう》と僕は、生まれつきのゲイです。双子ともにというのはよくある話みたいで、遺伝子的構造が近しいと思うと生来のことだと説得力が出ますよね。幼い頃に同性を好きになるのがこの世に自分一人じゃないと知れたのは、本当に奇跡でした」

言われれば、それは少数派として生まれてきた者には恵まれた状況だと、英知にも思えた。

「三郎に、高校の時に恋人ができました」

応《こた》えがなくても英知が咀嚼《そしゃく》するのを確かめるように見つめながら、四郎は先を続ける。

「僕にはすぐに打ち明けてくれて、運命の人なんて言葉を聞いて笑ったりしてました。でも両方の親に知れて大反対されて、三郎は留学を決められてしまって。二週間、二人は失踪《しっそう》しました」

失踪と聞いて英知は一瞬不穏なことを想像するが、三番目の兄は最近弁護士になったと四郎から聴いているのを思い出す。

「身内が行方不明の二週間は、とても長いです。同じ曜日を二周りして三周目に入るとなると、鉛のような深い絶望が襲ってくるんです。家族全員、もう死んだと何回か思ったと思います」

経験のない英知にも、それは家族としてしごくもっともな感情に思えた。

「実際、死のうとしたそうです。死にきれず帰ってきて、死ねなかったって泣くんですよ」

その日のことを四郎は、反芻《はんすう》している。

辛《つら》く、恐ろしく、悲しく、憤《いきどお》った記憶だと四郎の横顔が語っていた。

滅多に見せない、いや初めて露《あらわ》にされた四郎の感情に巻き込まれて、英知は思い出さざるを得ない。

同じように、十代で、唯一の人とお互いの家族を捨てる約束をした。

待ち合わせの駅で、英知はその人をただ見ていた。

真夏の朝、身じろぎもしなかった人は、英知の目の前で駅のホームに倒れた。

見つめている時に自分の胸にあった絶望的な思いを、英知は今も忘れていない。

「父が、豚の話を始めました」

不意に、話が遠くに飛んだように英知には思えた。

だが四郎の声が静かなので、自分の思い出は仕舞い込んで続きを待つ。

「人間の体に近いのは豚なので、豚の体を使って動物実験をすることが多いと。自分と同じ体重の豚一頭、おまえら身の回りにある道具使って殺せるか？　って。三郎の恋人と、兄弟全員に尋ねました」

恐らくそれを尋ねられた日の四郎たちのように、英知も自然と不思議なことを聴いた顔になった。

「倫理《りんり》以前に、身の回りにあるもので殺すなんて物理的にも無理だって三郎も、上の兄たちも僕も答えました。先生はいかがですか?」

問いに、英知は惑《まど》った。

唯一の人のためにならなんでもできる。人を殺すこともできる。あの金髪の青年も、唯一の人が殺していいなら殺せる。

初めて明確に人を殺そうと思ったのは、十代の時だった。

「答えに迷ってる」

「できれば、正直な答えをうかがいたいですが。無理はなさらず」

十代の時、その人を殺そうとした朝があった。

殺そうとしたその方法も覚えている。「物理的に」実行は可能だった。

「君たちと」

その日に戻ればどうなるのかはわからないが、戻ることはあり得ない。

「同じ答えだ」

人など迷いなく殺せるとずっと思ってきたけれど、豚のたとえ話一つで、存外己がなまくらだと知る羽目になった。

もう、英知は誰のことも殺すことはない。

「大事な話を分けてもらえた。ありがとう」

四郎の父親は地に足がついている。

自分が誰も殺さないと不意に確認できたことに、感謝した。

「そんな風に言っていただけるとは思いませんでした。父に伝えたいくらいです」

ふと、四郎が穏やかに笑んだ。

その涼やかなやさしい顔が自分に向けられるのを、英知は初めて見た。

「僕たちの答えを聴いて、よかったと、父は泣きそうな顔をしました。自分を殺すのだって同じくらい力がいる。そのくらいのことができてしまうほど追い詰められるなら、好きなように生きてくれと言ってくれて。三郎は今もその時の人と暮らしていて、弁護士としてマイノリティに特化した仕事を請け負っています」

藤原家の話を聴いて、藤原吾郎《ごろう》が自由党で芽がなくなったと言われている所以《ゆえん》を知る。

三男は性的マイノリティを公表して弁護士として活動し、同じ指向の四男は社会党でこうして働いている。

その上四郎が自由党を大きく売った自分の公設秘書をしていることは、今の吾郎には打撃だろうと英知は申し訳なく思った。

「実は自分はそのとき、父の話に気圧《けお》されてしまったんですよね。絶対豚、殺せないなって思って。なら逆になんとなくやってけるんじゃないかって社会を甘く見て、大学卒業後は外資系企業に。まあ、最悪の場合アメリカに行けばいいかなと考えていました。ロサンゼルス辺りに」

「君は何かと合理性が高い」

それは英知にとっては、常日頃からの四郎への評価だった。賛辞と言ってもいい。

「合理性は高いですが、その時の僕は人の心が足りていませんでした。人間社会で生きてますから、そうするとしっぺ返しが待っているわけです」

苦笑して、あぐらをかき直すと四郎は大きく伸びをした。

「そういうことじゃないんだって、パートナーに言われて。捨てられた、いや振られた。振られて、ショックでしたよ」

その人を思ってか、四郎が窓の隙間の朝陽を見る。

「すごく、好きだったんです。僕は彼が。愛してさえいれば、ずっと一緒にいられるものだと思ってました」

言葉の通り、今もなお四郎の声には辛さと切なさがしっかりと居座っていた。

愛してさえいればずっと一緒にいられると思ったのは、英知も同じだ。

永遠が腕の中を擦り抜けていったのは己の傲慢《ごうまん》と怠慢のせいだと知ったのは、ごく最近だけれど。

「愛情を法律に否定されるのも辛いし、パートナーが自分たちがよければそれでいいと思っているのが辛い。尊敬できないし、もう愛せないって。好きな人に嫌われて、確かにそういう考えだった自分が自分でも嫌になって」

隠さずにはっきりと、四郎は失意を大きなため息で聴かせる。

「僕は豚を殺せないけど、誰かがもしかしたら自分の愛した人を殺してしまうかもしれない。そんな世界は変えなきゃ。それで、パートナー制度に一番大きな声を上げている政党で働くことにしたんです。確かに合理性が高いですよ、僕は」

「お父上には？」

思わず苦笑して、ただ成り行きを尋ねるために英知は訊いた。

「このまま話しました。豚の話してくれたよねって」

肩を竦《すく》めて語った四郎の声が、確かに父親への敬意を孕《はら》んでいる。

「父は保守です。ただ、与党第一党なので陳情が具体化されやすいのは自由党です。同様の陳情は昔から多いと、話してくれました。社会に絶望して恋人や家族が死んでしまったという話を聞くたびに父は、自分には豚も殺せないのにと心のどこかで思っていたそうです」

昔はと、四郎は言い添えた。

「三郎が失踪した時に、我が子が死んだと思いつめて。それで初めて実感を伴った恐怖を感じたことを、今も恥じていると教えてくれました。どこの党でも自分で考えて選ぶといいと」

英知の育った閉じた家庭とは、まるで違う話だ。

そこに確かにあるものを、誰も見ない家で育った。

王国のように広い屋敷だったのに、英知は唯一の人と二人で小さなガラス瓶の中に隠れるようにして息を潜めていた。

ガラス瓶に気づいた英知の父親は、誰かに知られる前にその瓶を粉々にしようと震えて。

思い出せばはっきりと異質であった戦慄《せんりつ》する父のまなざしを、見る人もいなかった。

「……とても、いいお父様だ」

英知は父親を憎んでも嫌ってもいない。父は父だ。なのに、心からの羨望《せんぼう》が溢れた。

「はい。自慢の父です」

いいことばかりではないと、そんな風に四郎は苦笑した。

四郎が、昨日から今日を、さっきから今を、臆《おく》さず自然と繋げられる理由を知る。

そこに在るものから目を逸《そ》らさず見えていると言い、激高《げっこう》せず丁寧に言葉にする父親は、英知にはまるでお伽噺《とぎばなし》だ。

「自慢しておいてこんなことを言うのは図々しいですが、僕は父に似たんだと思います。父は父で三郎と僕の性的指向を認めることで、いずれ支援者を増やすと言っていました。時を見ているそうです」

「合理性が高い」

なるほど似ているというのはそこかと納得するが、藤原吾郎の考えにはただ驚く。

「最大公約数を探る、政治家に向いている人です。僕は当事者ですから父ほど待てないので、もっと早く動ける場にいきます」

そんなに己の理解力を疑っていなかったが、英知は今語られたすべてを呑み込むのに時間が掛かった。

保守の藤原吾郎は、二人の息子の性的指向をきちんと認めて政策に活かそうと時を待っている。

当事者の息子たちはその時さえ待たずに、それぞれに顔を上げて社会を見渡して活動している。

「……驚いたな。今は、そんな世界か」

感嘆とはいえない長い息が、英知の口元から離れていった。

「日本は先進国の中では制度設計が遅れている方です。それでも2019年的にはこのくらいですが、まだまだいきますよ」

穏やかに四郎が語ることが、英知の中に容易には入ってこない。

「どこへ」

「平等な世界です」

「俺が毎朝世界を変えると言わなくても、ちゃんと世界は変わっていってる」

否。

入ってこないのではなく、受け入れられない。

「そうかもしれません」

「だったら俺はなんで何十年も……」

すうっと、静かに血が下がっていくような感覚に英知は襲われた。

ガラス瓶の中にいて世界の移ろいを知らずに、身を縮めてなんのために息もたてないような日々を過ごして。

愛する人は、光のような青年が手を引いていった。

「日本が格段に進歩したのはここ数年のことです。なので、あなたが今数えた数十年のほとんどは固まってましたよ」

少しのいたわりを、四郎が見せる。

英知がどんな穴倉に堕《お》ちたのかきっと気づいた。

四郎がたくさん見てきた表情を、今自分はしているのかもしれない。

「知りたくなかった」

思慮も何もなく、言葉となって力が英知を離れていった。

「僕があなたでも、同じ言葉を言います」

静かに四郎が英知を見る。

「君が俺を憐《あわ》れむなんて」

驚いて、吐息が零《こぼ》れた。

「憐れんではいません。僕はあなたを……とても危うい人物だと思っています」

「昨日も言っていたな。社会党は裏切らないよ。手札がない」

「そうではなく」

きれいな弧を描く瞳が、まっすぐに英知を見る。

「あなた自身を危ぶんでいます」

朝陽の加減で虹彩《こうさい》が澄んで、ずっと棲んでいたガラス瓶よりきれいに映った。

「明日死なれても驚きません」

「何故《なぜ》」

「いつ殺されてもおかしくないこういう部屋で、ぼんやり暮らしているからですよ。驚きませんが、嘆いて憤ります」

「俺にか」

「あなたを追い詰めている世界にです」

世界は変わったと今四郎は教えたのに、明日英知が死んだらそれは世界のせいだという。

変わったはずの世界も昨日と繋がっているのだから、もっと過去とも繋がっていると。

本当に憤りの籠《こも》った四郎の声に、英知は知った。

「……そろそろ行きましょう」

家を出るにはまだ少し早いが、窓を振り返って四郎が促す。

「顔を、洗ってくる」

いつもよりずっと重く感じる体で、英知はなんとか立ち上がった。

四郎の家の話を聴きたいけれど聴くのが怖いと、昨日思った。

藤原吾郎のことは、自由党時代見えていたはずだ。保守でありながらリベラル的な発言が多かったかもしれない。そうした者は皆無ではなく、小さな派閥《はばつ》を少しずつ大きくしていたのが思えば彼だ。

芽が出なくなったという誰かの言葉を鵜呑みにしていたが、彼の番は必ずくるだろう。

明けていく朝は近くに在ったはずなのに、夜に立ち止まって太陽から目を逸らしていた。

理解しようとしなかったのは、自分だ。

昨日漠然と感じた怖さから想像もしなかった深い後悔と絶望に、足元が眩《くら》んだ。

自分にとっては昨日のような世界が、今朝にはとうに変わっていたと知って。


昨日から今日への時が、長すぎる。

まだ早朝といえる時間なのに、一日で何年も経ったような疲れを英知はバックシートに預けていた。

数十年分の遅れを、重力のように感じている。

速度を落とした車の窓から埠頭《ふとう》が見えて、海の気配を感じて育った屋敷を思い出した。

「毎朝この道で、君に世界を変えると言って。知らない間に世界はちゃんと変わっていた」

四郎に告げたつもりではなかった。

長い後悔の中に、英知は独りでいた。

「本当に馬鹿だな。俺は」

十代の夏休み、愛する人と約束して海のある町を二人で出ようとした。少年だったその人に乞われて約束した時、実のところ英知は大きく揺らいでいた。

父が怖かった。そして大きな家が怖かった。大きな家は、力強く愛する人を守ろうとしていた。彼が望む形では決してなかったけれど。

守られていることに気づかない彼《か》の少年を、きっと殺すだろう。あてのない旅は。

いや、殺すのは旅ではない。約束をしてしまった自分だ。この約束は必ず愛する人を殺してしまう。罪悪の泥を被《かぶ》せて、父に殴られる時と同じ恐怖や悲しみ、憐れさに彼を晒《さら》すくらいならせめて自分の手でそうと気づかれぬうちに殺そう。

二十年前の駅だ。殺そうと思えば唯一にして確実な方法はあった。夜の間ずっと英知はイメージしていた。

始発電車が来る前に、おはようと愛しているを告げる。彼の笑顔を見て、何も悟らせずに抱きしめて。

そして。

「この先で事故があったようです。高速を降ります」

運転席からの四郎の声で、真夏の駅から突然英知はバックシートに戻った。

赤いハザードの点滅がいくつか見えて、渋滞に入りかけていると英知も気づく。

いつもの暗い色のスーツをまとった、少年ではない、青年でさえない、何一つ希望のない男の体が窓に映る。

それが二十年後の自分だ。

結局、愛する人の後ろ姿を見つめているだけで、その朝英知は僅《わず》かにも動けなかった。駆け寄って、言葉を渡して、抱きしめて、始発電車の音を聴きながらもう一度愛していると言ってと、繰り返しイメージしたのにまるで動けなかった。

だから英知はその人を瓶の中に入れて、ずっと時を止めていた。一緒に永遠に止まっていられるものなのだと、愚かにも思い込んでいた。

螺旋《らせん》に沿って高速を下りると、高架下を少し走ってコインパーキングに四郎は車を入れた。

「どうした」

海と河川《かせん》が混じる運河のビル街で、登庁前に何か用があるとは聞いていない。

「まだ時間があります。少し歩きませんか。歩くとこう、気持ちが多少は変わることがありますから」

問いかけながら、四郎は車を降りてしまった。

仕方なく英知も後部座席を降りる。

「これは経費申請しません。僕のプライベートです」

安くはないパーキングの価格を確認して、昨日と同じシャツを着た四郎は肩を竦めた。

横浜からここまでガラス瓶の中を回顧していた英知は、何処《どこ》で車を降りたのかもわからなかった。

運河添いの歩道に、きれいな白と青のタイルが敷いてある。

等間隔にレトロなガス灯が配置されていて、高層ビルが目に入るのに不安定な時差を感じた。

「あなたのペースでゆっくりと思いましたが、やはり不安です。夜にはあなたから目を離すことになりますから」

運河を眺めながら立ち止まり柵に背を預けて、四郎が透き通った虹彩を英知に向ける。

「……くどいているのか?」

「いません」

「冗談だ」

こんなに混迷しているのに、四郎の真意が英知には見えている気がした。

「冗談を言えるなら少しは安心します」

時々四郎は、固く閉ざした英知の心の奥にある扉に手を掛けてくる。決してそこに人を入れまいとする英知に、根気よくノックを続けていた。

四郎は助けようとする者だ。そういう人なのか、そうすることにしているのか。または両方なのか。それは、英知にはわからない。

「君から見て、どのくらい俺は危うい。とりあえず明日死ぬ気はないつもりだが」

四郎の隣の柵に手を掛けて、英知は運河の方を向いた。

僅かに川風が吹いて、墨色のジャケットを煽《あお》る。

「公道で男性を抱きしめている写真。その方は、神代家のご次男。あなたの名前を、十年以上前に乗っ取った」

「乗っ取られたつもりはないよ」

「その方への思いを遂げたらお父様に殺されただろうと、昨日おっしゃってました」

お互い反対側を向いて立っているおかげで、透明な虹彩を英知は見ないで済んだ。

「三郎は恋人と帰ってきました。たまたまではないと、今では思います」

一度話を聴いただけの英知にも、「たまたまではない」と理解できる。

さっきまで真逆の家での時間を、無機質な港と一緒に追っていたので。

「お父様は信頼に値《あたい》する方だ」

「あなたは神代家の敷地で生まれ育った」

その一言以上に、英知には説明はいらない。

そして神代壮一《そういち》を裏切った白州英知が神代家で生まれ育ったことは、恐らく今や誰もが知ることができる。出自のほとんどが世間に晒されていることは英知も自覚していた。

唯一の愛についても誰も知らないので他のことはかまわないと、昨日まで頓着《とんちゃく》もしなかった。

「実のお父上は、神代壮一の盟友。神代壮一は父親代わり。両家は家族同然なのに、神代家の次男はあなたの名前で文壇の寵児《ちょうじ》となりあなたは秘書の座から出られず」

「そもそも出る気はなかった」

「なのに、父親代わりの神代壮一をリークして転向。神代先生の引退はあなたも予想しなかったでしょう。誰もしていなかった。望みましたか?」

「少しも」

「神代先生、元官房長官のことは僕もよく覚えています。この人がいる限り無理だと感じさせる人でした。力が大きすぎる人です。権力という意味ではなく」

「……ああ」

評された神代壮一像は、英知にも躊躇《ちゅうちょ》なく腑に落ちた。

「すごい人だ。俺の父は、跪《ひざまず》くように神代先生を崇拝《すうはい》していた。公設秘書で終わると父が言い続けたのを、信頼に足る者に議席を預けたいと先生自ら説得されて晩年やっと出馬したんだ」

「勝てない人というのはいます。立ち向かって玉砕《ぎょくさい》するなら、逃げるしかないほど強い人が。あなたが三十八まで息を潜めていたのは、判断力の証ではないですか」

「いや」

壮一の話をしていて、後悔が押し寄せる。

「あの父と等しい人を蹴落とすつもりは、これっぽっちもなかった。一人の人を得るために、誰のことも考えず無茶苦茶をやった。俺は」

立ち向かうべき相手は、壮一ではなかった。

「判断力は、あるのかもしれないな。勝てない人は何年も前に逝《い》ったよ」

もう、闘うべき人はいない。いなくなったから立ち上がった。自分は卑劣《ひれつ》で卑怯《ひきょう》だと、英知は目を伏せた。

「神代先生を追い落として、愛する人を得ることもできず得られなかった人のことを、また思う。

思うということは終わっていないということだと、思うたびに気づく。

お互いを強く締めつけて絡《から》まる蔦《つた》のように、手を摑んで放さなかった。罪科《ざいか》のすべてを自分が抱えることは幸いで、手作りの十字架を森に挿《さ》した。

贖《あがな》いの日がくるならよろこんで受けると、望んでさえいた。

「誕生日もクリスマスも、たった一年前までいつも一緒に過ごした人だ」

「昨日、おっしゃってましたね」

「似合わない台詞《セリフ》だな」

永遠だと信じたのに。

「息を潜めるようにして、一緒に過ごした。だが俺がそうして目を閉じていた間に、こんなにも世界は変わっていて」

目を閉じていたので失ってしまった。

「もう俺には何もない」

目の前の運河に飛び込んでも、死ねないのはわかる。

何もないのに息をするのは辛い。不意に手元から失せてしまった愛情は、たった一つの大切なものだったのに。

それでも。

「先生」

かけられた声が英知の耳から入り込んで、同じところを巡る思考を止めた。

「すべてとは望みませんが、思ったことをできるだけ言葉にしてほしいです」

いつの間にか四郎は、英知の方を向いている。

「昨日の話からしても。先生は黙して、なんなら微笑して、その沈黙の時に一人で考えていますよね」

大きな問題は壮一ではなかったと英知が気づいたのを、話を聴いている四郎も知ったようだった。

「習い性だよ。今君に言われて気がついたが」

「どうして習い性になったんですか？　これは覚悟を持って尋ねているので、失礼でしたら叱ってください」

朝陽を弾くような虹彩が、英知を射る。

「思いを口に出せば、父に殺される」

殺されるほど殴られているとき、英知は痛みを感じなかった。

「心で思うだけで、殺されるほど殴られた」

殺されたくないとだけ、願った。

「そばにいた方は」

愛し続けた唯一の人、神代家の次男、神代双葉《ふたば》のことを、控え目に四郎が尋ねる。

——英知さんのお父さんが、そのことに気づいて英知さんを叩いた。酷《ひど》く、叩いた。

画像の中に切り取られた、オペラシティで抱きしめた日に双葉はそのことを声にした。

——英知さんが叩かれるのは辛かった。そんな言葉じゃすまない。普段僕にやさしい白州さんが、そのときだけ人が変わるのも怖かった。あなたが耐えた時の重さと長さに。

あの日、英知は辛い言葉を愛する人から聴いた。

——僕はどうやったら償《つぐな》える？

すべてがその場で四散して、蓋《ふた》をしたまま二ヵ月が経った。蓋をして見ないことは、英知が誰より得意なのかもしれない。あの屋敷で育った者たちの中で。

四郎に促されて蓋を開けて、幼い頃から自分が殺されるのを見ていた双葉の心を、今初めて英知は想像した。

「見ているだけで怖かっただろう。俺が殺されるのを見ているのは」

ずっと、少しも想像できなかった。

「ああ、だからあの人は家を出て行って二度と帰らなかったのか……そんなことにも気づかないで、俺は」

その人の目の前で殺されたくないと願うのが、少年だった英知には精一杯だった。

「あなたは何一つ悪くないです。あなたは子どもだったんですよね？　失礼ですが、罪はお父様にあるのではないですか」

努《つと》めて静かであろうとしている四郎が、息を詰めたのが英知にもわかる。

「子どもを殺してしまうほどの暴力が存在した時、問題があるのは加害者であったお父様だけです」

他者の、目の前の英知の父親を、きっぱりと断罪するために詰めた息だったのだろう。

もう、四郎と話すのをやめたいと、英知は運河を振り返った。やめて仕事に向かう。いつものように見ないで、蓋をして、長くそうしてきたように痛みを感じずに。

「少しも痛くなかった」

けれど今言葉にしなければ、この抱えきれない闇を独りでずっと抱いていくのがわかる。

「だがいつか父に殺されるのはわかった」

もういやだ。

「恥じ入るほど幼少の頃から、その人にさえ打ち明けられない衝動で見ていた。そばにいた人を」

何もなかったように歩き出せない。

誰にも話したことのないことを、話した。四郎は信頼すべき人物だが、信頼からではない。なかったことに、四郎はしない。そこにある、痛みや恥、欲望。

確かにあった。

その時間を、英知は本当は生きてきた。

「これは僕の経験ですが」

目を見ることを、僅かに四郎がやめる。きっと、英知のために。

「幼少期にも衝動を持つことはあります。あなたの恋を否定するのではなく、体の反応の話です。相手がいればなおさらです」

どんなに幼くてもと、四郎は小さく言った。

幼い頃に大切な人に衝動を持ったことを、どれだけ自分が恥じ、罪だと思い、無理に蓋を閉じてきたのかを英知が思い知る。

「衝動の納め方や処理の仕方を教えられることはまずないし、罪でも穢《けが》れでもないと言ってくれる人が現れる可能性はとても低いです。最悪の場合、幼少期の身体の反応を利用する大人から加害を受ける子どもたちもたくさんいます」

さっき、自分の経験と四郎は言った。

聴きながら英知は、たくさん見てきたと彼が言ったことも思い出した。

まるで知らなかったけれど、世界でたった独り自分だけが抱えていた罪科ではないと、初めて教えられている。

「今、捨ててください。僕が見ている前で」

「何を」

不意に、顔を上げた四郎にまっすぐに目を見つめられて、英知は無意識に柵から離れた。

「間違った荷物を持って墓まで行く人も多いです。やめてください」

「何を？」

もう一度、四郎に尋ねる。

「あなたが罪悪だと誤解している、感情です」

運河から風が吹いて、英知の心の底をさわっていく。

「愛情が確かにあったのだとしてもです。心身は一体ですから」

四郎は必死だ。

何故彼が自分のために必死になってくれるのかを、英知は疑問には思わない。たった二ヵ月だけれど、四郎を知っている。

彼はきっと渋滞がなくとも車をパーキングに入れて、歩こうと言っただろう。

「罪でも、穢れでもない」

さっき四郎が言ったことを、英知は声にしてみた。

「罪人なので……罪深いから父に殺されるのだと思った」

蓋をして抱え込んでいたものが、言葉になって英知の外側に流れ出す。とてもゆっくりと、ほんの少しずつだけれど。

「殺されても仕方のない穢れだと、信じた」

耳に還る己の声が、聞いた覚えのない心細さに掠《かす》れていた。

「それで俺は」

穢れを纏《まと》って、自分だけなら何処かで生きていけても、あの人は無理だと決めて。

「愛する人を殺して、一緒に死のうと決めた。十八歳の夏だ。夜通し、抱いて線路に飛び込む想像をした。真夏なのに夜明けが遅いように感じたのをよく覚えている」

それでも夜が明けたので、双葉を殺すために駅に行った。

既に罪人だった。父が恐れたように、双葉にも穢れを纏わせる前に死のうと決めていた。

「俺は一晩中物理的にあの人を殺すことをイメージしたから、さっき答えるのに躊躇《ためら》った。踏み出せば物理的に殺せた」

この執着は自分を蝕《むしば》む毒だと、四郎が言っていたことを思い出す。

「いずれにしろ俺は罪人だ」

確かに毒に塗《まみ》れて、殺そうとした人をその上閉じ込めた。愛情という檻に。

「触っても、いいでしょうか」

「……？　ああ」

問われて、意味がわからないまま英知が四郎に是《ぜ》と返す。

指がそっと伸びて、ぬくもりが英知の額を触っていった。

頭を撫でられたのだと気づくのに、随分と時間が掛かった。子どもの時分にも経験したことがない。

人の肌、人のぬくもりが、慰め癒《いや》していってくれるのを沈黙してただ感じていた。

「療法みたいなものか？　君は学んでいそうだ」

丁寧に四郎に語られたことも、経験だけでなく学んだ言葉にも英知には思えてはいた。

問いかけた英知に、四郎は驚いて自分の手を引く。

触れたことに惑《まど》っている四郎の意図は、英知の理解の及ぶものではなかった。

「撫でたくなったんですよ」

惑いを払うように笑って、虚空《こくう》に浮いていた手をゆっくりと四郎が下ろす。

「君はすごいよ。俺は、三十八まで何をしていたんだか」

療法でなくとも、触れた指は英知に深く息をさせた。

「あなたは三十八でジャケットを脱ぎ捨て、ネクタイを引きちぎるようにして演台に叩きつけ」

「君は俺をなぐさめようとしているのかそれともいじめているのか……」

「国会議員になりましたよ。ご立派です。その場からスタートできることは、きっと大きいです」

重荷に英知が思っていた足元に、四郎が灯《あか》りを灯《とも》す。

対話が成立する間柄が存在すると、英知は教えられたところだ。

その対話の先にあるもののために、四郎は淡々と仕事をしている。彼が持つ能力を駆使して、力を惜しまず。

「送り迎えに二時間かかって」

議員宿舎に移らないのかと毎朝言わせたことと、毎朝聞き流してきたことを悔やんだ。

「すまなかった。議員宿舎に移ろう」

「そのお言葉、心からお待ちしておりました」

まだ見ぬ人も、目の前の人も、そして恐らくは自分のことも、助けることを四郎は生業《なりわい》とし

ている。

「あの、念のため言っておきますが。僕はあなたのような人は誰が相手でも助けます」

少し硬い声が、言い置いた。

「……今ちょうどそれを思っていたところだよ」

どちらからともなく、柵を離れて白と青のタイルを辿ってもとの道を歩く。

「僕はいついかなる時もおじさんに恋をしたことはないです」

「あんまりじゃないかね」

肩を竦めて、英知は年配者のような言い方をした。

「わざとですね」

反射で噴き出した四郎のくしゃりとした笑顔が、いつもより子どもっぽい。

笑う顔が見たくて、それで英知は年配者のような言い方をした。

「すみません。言い過ぎました。あなたの言うとおり、当事者にさえややこしい」

「当事者か」

きれいとは言えない運河が、何故だか離れがたくて英知が立ち止まる。

「不思議だ。あれだけのことをやらかしておいて、俺は……いつのときにも、自分を当事者だと思っていなかった気がする」

いつでも己は無責任な傍観者だったと、不意に当事者と言われる場に立ったことで理解した。

「多分、解離《かいり》だと思います。僕は専門家ではないので、可能ならカウンセリングを受けていただきたいですが」

「どの件について」

一つ一つの単語はわかっても、全体の意味を呑み込むところまで英知は辿り着けない。今日までの暗がりが長すぎた。

「少しずつ、自覚していってくださったならと……思います」

ふと、四郎の声音《こわね》が変わる。

「議員としてか？」

「いいえ」

真面目《まじめ》で静かで、鋭角さが僅かにもない、彼らしくない遠慮がちな語り掛けだ。

「あなたは殺そうと思ったかもしれないけれど、その方を殺していません」

立ち止まり向き合って、四郎が英知を見上げる。

「あなたは誰も殺していません」

もう一度、少し声を大きく四郎は響かせて英知に教えた。

「殺していない」

無意識に、英知がそれをなぞるように復唱する。

「間違っていても刻みつけられたものは、簡単には捨てられませんね。時間を掛けてでも、必ず捨てましょう」

同じ言葉を繰り返すことを、四郎は厭《いと》わないと言った。

「あなたは他者に、ご自身の愛情を罪として刻まれたんです。虐待《ぎゃくたい》を受け続けたことを、どうか覚えていてください」

虐待という言葉に、英知は何も反応できない。

長い時間静止して、父の顔を思い出そうとしてそれもできない。父親が自分を殺そうとするとき、英知は目を閉じてただ待った。

嵐が過ぎ去るのをではない。立ち去ってくれるのを、待った。

とても立ち向かえない怪物が。

「朝の勉強会にはもう間に合いませんが、行きましょうか」

時計を見た四郎は、勉強会のことはとうにあきらめていたようだった。

仕事のことに考えが至らない英知の背を、そっと四郎が押し出す。

踏み出した一歩目が、不意に現実味を持って足が地を蹴った感触がした。

「療法のようなものかとおっしゃいましたね。確かにお話ししたことは勉強したことでもありますが、あなたが受けてきたことを癒せるような療法を僕は持っていません」

やはりそうなのかという安堵《あんど》とも失意ともつかない重さが、英知の心に障《さわ》る。

「あなたの額を撫でたのは本当に不適切な衝動でした。謝罪します」

ふざけた様子はなく四郎が言うのを、言葉は見つからずにただ、聴いていた。

理由が判然としないまま重さが癒《い》える。

運河の泡になりたい絶望は、とりあえず消えていた。


「四郎《しろう》くんはいつもフル回転なので、溜まっていた党内の案件を片付けています。すみません、自分が担当する時間が突然増えて」

議員会館の自分の部屋で、今朝の迎えからずっとそばにいる男を英知《えいち》はじっと見た。

第二秘書の羽田遷《はねだせん》は、彼自身が言う通り突然今朝から増えた。時間も存在も。

「いえ。この二ヵ月公設秘書が彼一人だったことが異常でした」

総理官邸を背にしたデスクで、英知は羽田がさっき閉会した本会議の議事録を纏《まと》めているのを見ていた。それは公式のものではなく、英知に向けたものだ。今後のために英知が押さえておくこと、詰めておくことが重点的に纏められている。

いつもは四郎がしている仕事だ。

六月の長くなってきた日が、暮れ始めようとしていた。

国会の常会が終わる六月半ば目前、四郎に引っ越すと言ってからたった三日で英知は議員宿舎に移ることができた。立地がよく新しい赤坂《あかさか》の議員宿舎に空《あ》きはなくとも、築六十年の青山《あおやま》の議員宿舎はいつでもがらがらだ。

よって、昨日から英知は2Kの青山議員宿舎にほとんど身一つで移った。

「そろそろ四郎くんも戻ってくると思います」

白いポロシャツに入館証をつけた羽田に、英知は見覚えがあった。

中肉中背、特徴のない眼鏡に特徴のない短い黒髪。若くもなく年配でもない三十代半ば。正気を失い自由党をリークして社会党に移ろうと画策していたとき、目についた党員の一人だった。議員ではないが、議員会館の中で忙しく立ち働いている。

あの頃は鋭かったまなざしで英知はこの男をよく観察して、危険だと判断してリークを持ちかけるのはやめた。

「よかったら、羽田さんの自己紹介をもう少しお願いできますか」

その羽田が第二秘書になり、英知の方には緊張感がある。

少し目を開いて、まったく心が読めない穏やかな笑みを羽田は英知に向けた。

「羽田さんがおっしゃる通り、急にご一緒することになりましたから。たとえば、得意な分野は？　情けないことに私は今からスローガンを立ち上げる身です」

衆議院議員になって、通常国会がもうすぐ閉会しようとしているのに今からスローガンかよというような侮蔑《ぶべつ》を、羽田は迂闊《うかつ》に表さない。

「いや、得意な分野なんてそんな大それたことではないです。憲法全般ですかね」

前置きをつけたとて憲法全般と明朗に笑顔で言える羽田は、目がまったく笑っていなかった。

「もしや、司法試験を？」

「前職のために必要で、少々」

弁護士、検事、果ては裁判官への道となる難関の司法試験に受かったのだろうに、「少々」と言って頭を掻《か》く羽田と盾《たて》もなく憲法談義はできない。

「趣味と、よかったら長所など」

無意味で嫌われるとはわかっていたが、無難な質問を英知は繰り出した。

「趣味はありません」

それは恐らくまっすぐな嘘だ。

党本部で老人と囲碁を打って、あきらかに負けてやっているのを英知は目撃している。

「長所は……無害なところですかねえ」

一見でしょう、と言いたいのを堪《こら》えて英知は微笑《ほほえ》んだ。

「またまた」

「いやいや」

空々《そらぞら》しい会話の間にも、羽田はタイピングを進めている。

「昼行灯《ひるあんどん》なのに信頼がないな……」

相当固い第二秘書をつけられたと、頬杖をついて英知はため息を吐いた。

「羽田さんは」

こういう時は、それこそ無害を装っておとなしくしているのが吉だと、英知は知っているつもりだった。

だが自分が知っているつもりでいたことなど、今は何一つ信用できない。

「私が社会党から擁立《ようりつ》されたことをどう思われますか？」

「当時反対票を入れました。多数決の結果が民主主義ではないので納得はしていません。出港した船も危ない時には港に戻る判断をするのが組織の役割です」

挑むようにでもなく、穏やかに微笑んだまま、羽田は英知を見た。

「船のためにもです」

目が笑っていない。

「ただ、ポイント・オブ・ノー・リターンを過ぎたと思ったら、たとえ当座でも公設秘書は引き受けませんよ。時間の無駄ですから」

戻れない船ではないと見ていると、羽田が言うなら最早英知はありがたくなってきた。

先週は議員辞職について考えていた。思えば生まれてこの方勉強と政治にしかかかわってこなかったのに、四十前で何ができるのかと少しも漠然としていない不安は今も抱えている。

「すみません、任せっきりで」

ノックもせずに、羽田にだけ謝って四郎が部屋に入ってきた。

今日四郎の顔を見るのは初めてだ。英知はこの二ヵ月の中で、土日さえ四郎の声を聞いていた。

「ほとんどやることないから。楽させてもらってるみたいで悪いよ」

嫌味に聴こえないのにこれは羽田の壮絶な嫌味だと、英知が笑顔を固まらせる。

「先生。今データ送りました」

羽田の言葉と同時に、手元のパソコンにデータが届いた。

弄《いじ》れないようにPDF化したテキストには、受験の参考書のように「ここテストで出ます」と言いたげな赤線が引いてある。

それらは確かにこれからの白州《しらす》英知の政治信条にマッチしそうな案件で、羽田の有能さに英知は礼も忘れて沈黙した。

「私、田畑《たばた》先生と一緒に改憲論の勉強会に出たいんだけど。後任せていいかな、四郎くん」

羽田もまた、四郎にのみ確認を取る。

「超党派で古参《こさん》たちと、やり合ってきてください」

「いやいやとてもとても。あ、四郎くん」

四郎の応援に顔の前で手を振って、ふと羽田は真顔で四郎を見た。

「私だけじゃなく皆こっちも兼ねられるから、あっちもよく考えるといいと思うよ」

「……はい」

あっち、こっち、と指示代名詞で羽田に語られて、何に四郎が「はい」と言ったのか英知にはまるでわからない。

「では先生、またよろしくお願いします」

目が笑わない笑顔に戻って、羽田は英知に頭を下げると部屋を出て行った。

「なんの話だ？」

「党内の委員会の話です」

説明せず、四郎は英知の質問を終わらせる。

「そのテキストの前に、面談の準備をお願いします。先週の高校生二人と再面談です。深山《みやま》くんと、宇野《うの》くんです。学校が終わってからこちらに来てくれるので、そろそろ」

「再面談？　早すぎないか」

羽田が去っていったソファに座った四郎から、先週会ったばかりの二人の名を聞いて英知はさすがに驚いた。

「イレギュラーですが、もともと仮で予定していました。一度ではほとんど進まないと思ったので、もし彼らがまた来てくれる気になったらとここは空《あ》けておいたんです」

慣れてほしくてと、どちらになのか四郎は言った。

早すぎる再面談だが、四郎が事を急いていないのはわかる。どんな形でもとにかく請願者になることで、社会と繋がっていると彼らに伝えたいのかもしれない。

一度議員会館を訪れて気後《きおく》れしてしまう前に、二度目をということなのだろう。

最初の面談に二人が乗り気になるまで、半年時間をかけたと四郎は言っていた。

「君は俺のような人間には誰にでもそうすると言ったが」

「今は面談のことに集中してください」

手続きと引っ越しで土日を挟んだ忙《せわ》しない三日を過ごして、四日目は第二秘書に任せきりの時間が終わった途端運河端のことを口に出した英知を、四郎が遮る。

「その話はまた」

「冷たいものだな」

「国会閉会までと決めていましたが切り上げて、先生の前ではニコリくらいはします」

言葉通り形だけ「ニコリ」として、パソコンを開こうとした手を四郎は止めた。

「……確かに、僕はそう言いましたが」

遮《さえぎ》った時とは違う少し痩せた声で、「また」と言ったのに英知の投げかけにきちんと四郎が戻る。なかったことに四郎はしない。きっと、できない。

それが四郎だ。

誠実に戻られて、却って問いかけを英知は迷った。

「俺のような人間というのは、どういう人間のことだ？」

四郎が助ける人なのは、いつからか気づいた。

けれど自分が助けられる者なのは、言葉にしておいて英知はちゃんとは理解できていない。

長く、誰かが助けてくれることなど想像もしなかったので。

「自分にとって何が痛みで問題か、わからない人ですよ」

僅かに四郎が、いたましそうな目で英知を見る。

言われたままのことを今自分が思っていたと、英知はため息を吐いた。

「深山くんと宇野くんのような」

これからまた会う二人の名前を、口に出して英知がしっかりと覚え直す。

「そうですね」

二人は多くの痛みや嘆きを抱えていた。抱えて絶望しながら、出口がわからず希望は言語化されることはなかった。一度では。

「彼らの話を聴いている時、本当はまるで同じなのにと思ったよ。誰にも言えない。この間君に、初めて話した。なのに」

なのにこんな見事に放り出すのはあんまりじゃないかと言いかけて、さすがに情けなさに声が止まった。

「人と触れたことがほとんどない」

ふいと横を向いて、声にしなくてもまるで子どもだと情けなくなる。

「迂闊《うかつ》に触らないでくれ」

四郎に触れられたことで、酷《ひど》い餓《かつ》えに気づいてしまった。

知らない他人の肌と、籠《こも》る他者の心に触れた。飲んだことがないきれいな真水に、渇いていた自分を知らされた。

「僕はあなたのように何か危うさを抱えている人に出会った時、いつもなら」

人を助けることを常としているのは、四郎も隠さない。

「話を聴いて、専門家を紹介します。付き添うこともあります」

いつもですと、もう一度言葉が添えられた。

「専門家とは」

「たとえば深山くんと宇野くんは、代議士である先生に繫ぎました。ちゃんと彼らも社会と繫がっていると知ってほしくて」

四郎は彼らのためにそうしたのだろうと、さっき英知は思った。

いつのまにか本当に四郎を知ってしまっている。

「あとは、カウンセラーや法律家です。加害を受けている場合は、専門性の高い弁護士のところに連れて行きます」

そうしたことはどうにもならないと思ってただ目を閉じてきた英知は、四郎の言葉を処理しきれず両手を組んで額を載せた。

「俺は本当にこの年まで何してたんだろうな。羽田さんは司法試験を通っていて、君は」

「僕の資格は役に立たない英検とTOEICですよ。英検は一級でTOEICは850点です」

「なら簡単な通訳もできるだろう」

「簡単な通訳はできたとしても、あなたに触れる資格は何も持っていないんです」

聴いたことのない弱い声に驚いて、英知が組んだ指から顔を上げる。

「迂闊に触って、本当にすみませんでした」

姿勢を改めて四郎が頭を下げるのに、何か寂しさのようなものに英知は胸を触られた。

「自分に動揺して、不自然に距離を置きました。それも謝罪します」

「謝罪は羽田さんにした方がいい」

そんなことを望んだつもりはないと、首を振る。

「僕の動揺で、あなたのことを動揺させたでしょう。だけど僕も若輩者《じゃくはいもの》です。そしてあなたは幼子《おさなご》と同じです。若輩者と幼子なので」

「ちょっと待ってくれないか……」

幼子と言われたのが自分だと遅れて気づいて、目を剝《む》く。

「幼子には慎重に触れないと」

やっと瞳が揺れずに出会って、四郎は困ったように笑った。

「さ、この間の続きです。先生にお渡しした、オペラシティの画像データを出してください」

その仕草に意味はないのについやってしまうのか、四郎が掌《てのひら》を差し出す。

「これのことか？」

パソコンのフォルダを開いて、英知は双葉《ふたば》を抱きしめている画像をモニターごと四郎に向けた。

「クラウドを開いてください。消しましょう」

クラウドの開き方くらいはわかる。その元データを消すと、取り敢えずは自分の手元からこの画像はなくなる。

最後に双葉と写った写真が。

「躊躇しましたね」

咎《とが》めて四郎は、下から英知をじっと見た。

「慎重と言ったのに随分乱暴だな。消したらどうなる」

「若輩者の僕は、できるだけあなたには過去を断ち切ってほしいです。自分を罪深いと信じていた時間を、消していただきたい。誰かに押しつけられた罪悪感なんて、邪教の信仰みたいなものですよ」

「細かなところが雑だ」

その言い様には呆れて、英知は肩を竦めた。

「細かなところほど突き詰めない方がいいです」

今四郎が細かと言った、罪悪感について英知が考える。

「なるほど」

ただ父に押し付けられただけなのか。本当に自分は罪深くはなかったのか。

自分だけでなく、目の前の愛する人の人生も長く滞《とどこお》らせた。

けれど双葉の凝《こご》った時間は、英知の知らぬ間に光が解放した。

「いくらでも考え続けられる」

「そうでしょう？　さあ、消しましょう」

「だが……どうせ思い出くらいしか持ってない。確かに未練はあるが。それが俺を蝕《むしば》む毒か？」

向き合うと当たり前に未練は居残っていた。言ったら他に、英知には何も執着《しゅうちゃく》するものがない。

「あの時より今、もっと毒だと思います。だってあなたは」

窺うように英知を見つめて、四郎は間を置いた。

「その人のことしか、持っていないと思ってますよね。その方がいなければ何もないと言っていました」

心を読まれたように思ったが、運河の風を受けながら言葉にしたことだ。

「実際何もない」

「四月のあなたは、もしかしたらそうだったかもしれません」

二ヵ月前の自分を評されて、ふと窓の方を振り返る。

梅雨寒《つゆざむ》の雨が靄《もや》のように煙《けぶ》り始めた。

四月の記憶は、英知には霧雨《きりさめ》よりももっと判然としない。

「四月には、君の顔を見るのが嫌だった」

そういえばすっかり薄れた思いが、無防備に口をついた。

「そんなに僕がお気に召しませんでしたか」

「違う。この人に似て見えて、それで見たくなかった」

「あの頃のあなたはパンダでもその方に見えたと思いますが！　白いところと黒いところがあるのが共通点です！　正面の写真を何枚か見ましたが何処《どこ》も似ていませんよ‼」

画像を指した英知に、四郎が理性のたがを外す。

「……そんなつもりで打ち明けていないが、とても君らしくなったな。確かにまったく似てない。この人は俺に怒鳴《どな》ったことなんて一度もなかった」

取り繕《つくろ》わない四郎は英知には好ましく、大声につられて僅《わず》かに笑ってしまった。

「一度もですか……。少しぐらいなら聴きますよ。どんな方でしたか？」

つられて四郎が、苦笑とともにあきらかに張っていた固さを流す。

「過去形か」

四郎がいつもの四郎であることが、英知を落ちつかせた。

「ええ。どんどん過去形にしていきます」

耳慣れた怜悧《れいり》さに、深いところで呼吸をする。

「二つ年下で、生まれた時からそばにいた。俺はずっと、お兄ちゃんと呼ばれていて」

「お兄ちゃん……」

訝《いぶか》し気《げ》に眉を寄せて、人に聞かれてはならないとでも言いたげに四郎が声を潜める。

「その心から気持ち悪そうな顔もとても君らしい。だが君が思うような意味ではない！」

「まあ、そうですね。すみませんすみません。壮太《そうた》先生は結構離れてますから、兄替わりですか」

雑に二度謝って、そうだったと四郎は手を打った。

「そうだろう。考えたことがなかったが、あの人も最初は勘違いしたのかもしれないな。兄だと」

壮太は神代《かみしろ》家の教育に従順で、幼い頃から未来に至る人間関係を構築し始めていた。

実の弟を構う余地はなく、家の中で双葉が頼れるものは英知と、乳母だけだった。

次男には誰も期待しなかったというより、神代家に於《お》ける次男の特異性は文字を読む頃から既に際立《きわだ》っていたのだ。

「お兄ちゃんと呼ばれる以外に自我はなかった」

そうだ。双葉が神代家の政治に背を向けて生まれてきたので今自分はここに座っていると、思い出して英知はさすがに滑稽《こっけい》な思いがした。

「自分の人称もどうでもいい。私でも俺でもなんでも」

政治信条も、本当に持ったことがない。だからこそ政治に関わる者にとって禁忌《きんき》ともいえる転向も愛のためにできた。

「俺という人称は、馴染《なじ》んで見えますが……」

「学校にいる時だけ使ったが、後はずっと『私』で『お兄ちゃん』だ」

馴染む理由はない少しも大事にしなかった「俺」で、学校では勉強だけしていたつもりだ。けれど、闇でもガラス瓶でもない神代家を離れた時間は、意識に刻まれなくても英知には胸を広げて息をする時だったのかもしれない。

「最近はずっと、『俺』ですよね。なんだか、楽しそうに見えていいです。僕は気に入りました」

「そうかね」

「やめてくださいよ。癖《くせ》になったらどうするんですか、そのおじさん喋《しゃべ》り」

笑って、それから長いため息をけじめのように四郎は吐き出した。

「謝罪はいらないとおっしゃいましたが、揺れてしまってすみませんでした。もう大丈夫です」

ことさら明瞭に言って、四郎が笑って見せる。

「彼らが着く時間ですね。いきましょう」

大丈夫の意味はよくわからなかったが、安堵と、やはり寂しさに触られながら英知は四郎に促されて立ち上がった。

歩き出すと、大丈夫の意味がわかる。歩くことで体が動くと頭も動くと、きっと四郎はわかっていて意識していると英知は気づいた。

もう四郎は不適切に英知に触れない。心を揺らさない。そういう大丈夫だ。

大丈夫の意味を理解すると、自分に触った寂しさの意味も理解するはめになった。

「俺は」

事務室の出口で、ふと口をつく。

「なんです？」

振り返った四郎は、確かに人間だということぐらいしか双葉と似ているところがなかった。

双葉の他に、英知は人を近くに感じたことがない。だから次にたまたま近くにきた人に寂しさを感じるのは、ただ人だからなのかもしれない。

「俺は、何もわからないと思ったんだよ」

「大事です。先生はずっとわかってるような顔をして頷いてましたからね」

軽やかに言った四郎は、本当に「もう大丈夫」のようだ。

「手厳しいな」

寂しいけれど仕方がないことだけは、英知もわかっているつもりだった。

「結局消しませんでしたね」

事務室を出てエレベーターホールに向かいながら、四郎はそこを見逃していないと肩を竦《すく》める。

「そんなに持っていたいですか」

「データをもらってから、さっきまで見てはいなかった。だが見なくても」

問われれば、持っていることは自分には大事なことに英知には感じられた。

「君が言う通り、身一つになるのが俺はいやなんだろう。何もないのは事実だ。君は立派な助け船で、俺は溺《おぼ》れる者だ。距離を置くのも君次第で」

言ってから、変に気を持たせる言い方をしたと後悔する。

けれど迂闊《うかつ》な言葉が出る時こそ本心だ。

言葉の意味を探るようなまなざしを、一瞬だけ四郎がよこした。

「身一つだと思ってらっしゃるうちは、独りにはしませんよ」

すぐに切り替えた潑溂《はつらつ》とした迷いない声が、まっすぐに告げる。

「俺はどうせ見ないから、君が消したらいい。画像は」

大丈夫と言った四郎は、もう助ける者でしかなかった。

「それは倫理《りんり》的に無理ですね。僕に消す権利はないです。……いや、よく考えたら僕は先生が参考として画像が必要なのだと思ってお渡ししました。観賞用ならそもそも先生には受け取る権利はありませんよ」

ややこしいことを言いながら、はたと気づいて四郎が一瞬立ち止まる。

「確かに私は画像を求めたが、その際理由については一切述べていない」

わざと堅苦しく、国会答弁のように低い声で英知は言った。

「在りし日の先生を思い出します……」

「そんなに死んでいないと言ったのは君だが」

「なるほどはったりが得意なんですね。使いどころを模索します」

公設秘書としての立場は忘れず、模索して四郎が斜め上を見る。

「……それに、確かにあなたは今はまだ溺れていますが、僕は船でも藁《わら》でもなく人です」

ふと、秘書の立場を降りて四郎は不服を告げた。

「わかってるよ。揶揄《からか》って悪かった」

「揶揄ったんですか?」

ますます四郎は不満そうに、顔を上げて英知を睨《にら》む。

「僕は船としてはともかく、人として絶対にあなたみたいなおじさんを好きになったりしませんから！　揶揄ったりしないでください‼」

四郎にしては論旨も筋もめちゃくちゃな言い分だが、声が大きかったので感情的になったのはよくわかった。

どういう筋道を通ったのか考えるのは、英知には不思議に楽しい。

楽しいというのはきっと、合っていない。今まで持ったことのない、浮《うわ》ついた心地よさだ。

それを言えば四郎はもっと怒るかもしれないが。

エレベーターホールのそばを通った他党の一行が、立ち止まって咎《とが》めるように英知を見ていた。

「君の声はよく通るから本当に議員に向いていると思うよ……これじゃあ私がセクハラおやじみたいじゃないかね」

「……すみません」

謝罪しながら、四郎が噴き出す。

「ツボに入るようになってしまったじゃないですか、その語尾。ダジャレと同じですよ。もう次は絶対に笑いませんからね」

「現状俺には四郎くんしか人間がいないので、笑ってくれると嬉しいようだ」

言いながら、自分も笑っていることに英知は気づいた。

「……幼子か。確かに中学生みたいなもんだな、俺は」

言われた時にはあんなに抵抗感があったのに、我ながら幼いところからやり直している感がある。

「だから、今更『俺』と言ってみてるのか」

「嬉しいならいいことですよ。楽しければなおいいです。せっかく『俺』が馴染んできたのに申し訳ないですが、彼らと話すときは前回と同じトーンでお願いしてもいいですか？」

エレベーターを呼ぶボタンを押して、申し訳なさそうに四郎が英知を見上げた。

「俺、の方が親しみやすいと言ってなかったか？」

「それが、僕が理解できていませんでした。自分たちのような学生にもきちんと先生が接してくださったことが、信頼に繋がったんだそうです。子どもだと思って馬鹿にしたり甘く見たりしないんだって、驚いたそうですよ」

「……いつでも誰にでも同じに接してきたので、信頼されると胸が痛むな」

誰とでも対等に、なんなら見上げるようにしていれば、悪いことはほぼ起こらない。

それは英知が前職の中で学んだことだ。

「それはそれですごいことですよ。やろうと思ってもできるものではないです」

嫌味ではなく感心すると、四郎が到着したエレベーターの中に英知を促す。

「あれ？　でも僕には違いませんか？　ちらっと見た様子でも、羽田さんには外向きの先生でしたよ」

「上がり込んできたのは君だ」

いつもは何かしら纏《まと》ってきたガードを完全に外して、うっかりと英知は頓着《とんちゃく》のないことを言った。

ちょうどエレベーターの扉が閉まって、箱の中で二人になり不自然な沈黙が訪れる。

ドアをノックして、ドアに手を掛けて、入ってきたのは四郎の方だ。英知はその場所に誰も入れたことがない。

近さにただ戸惑《とまど》って、真実幼子だと知るしかなかった。

「つきました」

普段は言わない無駄なことを、エレベーターの音とともに四郎が言う。恐らくは沈黙を持て余した。

英知の方は沈黙には慣れている。だが今の沈黙は慣れない、知らない沈黙だった気がした。

「今日はカフェじゃないのか」

二階で降りてから、地下のカフェが面会の場ではないと知る。

「この間はリラックスしてもらうために、建物内でもオープンなカフェにしました。今日は二階の小会議室を予約しています」

「彼らのペースで、ゆっくりとか」

同じように、四郎が自分のことを語ったのを思い出した。

それが四郎の行いだと、もう英知は知ってしまっている。

手を伸ばすことが四郎にとっては当たり前の生き方だと、堅苦しいスーツを纏った背筋を英知は伸ばした。

「サポート、しっかり頼む」

初めて、代議士として公設秘書に自分から仕事を頼む。

「何か迂闊《うかつ》なことを言って彼らを傷つけたくない」

目を見開いて、四郎が英知を見上げた。

心から出た言葉だと伝わったようだった。

「はい」

いつもより抑揚《よくよう》のある声と笑顔が、英知に渡される。

——もしかしたら先生ならと、思いました。

二人の高校生の請願を英知に繋いだ訳を、その日四郎は語った。

思いがけないことだけれど、この場所で声なき声を聴く代議士として。力強い秘書を得て、自分は動き始める。

だとしたら、もう、何もなくはない。

「着いたみたいです。僕下まで迎えに行ってきますから、小会議室でほどほどにビシッとして待っていてください」

表紙＆カラーつき★
大人気連載!!
カラーつき★
最終回!!
長浜 To Be, or Not To Be
スカーレット・ベリ子
「堕落家族論」
鶴亀まよ
巻頭カラー☆
大人気連載!!
「なつめさんは開花《ほころ》びたい」
マミタ
アサヒ
教室
er Collection：斉川 冬
シェリプラス
奇数月30日発売
2023
10
あずみつな／カシオ／斉川 冬／しえろ
ずんだ餅粉／鯛野ニッケ／夏目イサク
七瀬／猫野まりこ／山田ノノノ
ユキムラ×一穂ミチ
ショートコミック 千野 ち／氷室 雫／堀江蟹子
イラストリレーエッセイ「萌えモノ語り」：ときしば
極上の愛に酔う
BLマガジン
ON SALE
@hakkaplus
小説ディアプラス編集部Twitterアカウント
@n_dearplus

ドラマティック＆♥な、ボーイズ・ラヴ・ノヴェル!!
小説ディアプラス
Dear+ アキ
2023 AUTUMN
COVER ILLUSTRATION：北沢きょう
予価：924円（本体840円＋税）
3、6、9、12月の20日発売
第68回 小説ディアプラス・ペーパーコレクション
かわい恋
2023年
9月20日(水)発売!!
カラーつき♥もふもふ♥
本紙初登場♥
かわい恋 ×yoco
元王子×孤児、月夜のもふもふ年の差FTラブ♥
カラーつき♥もふもふ♥
宮緒 葵 ×草間さかえ
複数もふもふプレイ解禁!?真夏の囚習物語。
名倉和希
×カワイチハル
久我有加
×亀井高秀
巻頭カラー♥もふもふ♥
小林典雅×緒花
魅惑の典雅式もふもふワールド♥
大木えりか
×
山田睦月
麻生 海
貫井ゆな
松本 花
林らいす
渡海奈穂
×青山十三
後編
栗城 偲
×みずかねりょう
BL小説大賞トップ賞受賞
瀬々らぎ凛
×陵クミコ
モノクローム・ロマンス新作
秋の大増ページ特大号!!
☆豪華作家陣によるアンケート回答結果大発表
☆SS：鳥谷しず
☆テーマエッセイ：犬飼のの
☆おすすめ作品紹介
などなど、企画もりだくさん♥
年に一度の特集号!
今年のテーマは……
「もふもふ」
（カット：松本 花）
ちょっぴりオトナな電子書籍新レーベル Hakka+《ハッカプラス》
毎月第1金曜日、電子書店で配信中!!
「是-ZE-春、逢い見る」
志水《しみず》ゆき
「キスとスキのあいだ」
薄井《うすい》いろは
「アイドルくんは極道の若頭に溺愛されています」
色野《しきの》イト
「泉くんのサディスティックは終わっている」
藤峰《ふじみね》式《しき》
梅本ガチコ
えむえむお
奥田 枠
高野 弓
千野 ち
Dite
杜鳴ひなき
長与エリ子
夏目イサク
貫井ゆな
猫野まりこ
半割
ふさすぐり
ミキライカ
水谷 倖
よもぎ

ディアプラス・コミックス9月の新刊
大好評発売中
B6判／定価858円(税込)
「ギヴン」POP UP SHOP in 紀伊國屋書店新宿本店」開催決定!!
詳細は決まり次第、随時お知らせいたします!
紀伊國屋書店新宿本店twitter @KinoShinjuku
とある冬に始まった真冬の物語、いよいよ完結!!
試し読みはこちら!
キヅナツキ ギヴン⑨
B6判／定価792円(税込)
面倒見のいいクール男子×いたいけないじっぱり男子の恋♥
あめきり レンアイサイド
試し読みはこちら!
B6判／定価825円(税込)
クラスの二軍男子×隅っこ男子、せいいっぱいで響く恋。
試し読みはこちら!
大麦《おおむぎ》こあら 君がわるい恋の話
B6判／定価759円(税込)
催眠術から始まる青春ラブ・トラップ♥
鳴坂《なるさか》リン 催眠術《さいみんじゅつ》と恋の罠《わな》
試し読みはこちら!
B6判／定価759円(税込)
腹黒《はらぐろ》猫男子と性悪メガネのどつき愛の勝負はいかに!?
阿部《あべ》あかね 猫、恋に焦がれる
試し読みはこちら!
ディアプラス・コミックス10月の新刊
10月2日発売
B6判／予価858円(税込)
梨園《りえん》の御曹司《おんぞうし》同士の恋絵巻、クライマックス目前の第9巻!!
WEBサイン会開催!
夏目《なつめ》イサク 花恋つらね⑨
B6判／予価847円(税込)
生真面目《きまじめ》双子兄×美人ヤンキーのエモーショナル青春ラブ♥
WEBサイン会開催!
アマミヤ 夢中になるよ
B6判／予価847円(税込)
アイドルオーディション・オメガバース!
WEBサイン会開催!
なりた晴《はる》ノ オメガ≠《ノットイコール》アイドル
B6判／予価814円(税込)
元教え子×高校教師の青み盛《ざか》りな恋物語・続篇♡
らくたしょうこ 先生と、す
ディアプラス文庫9月の新刊
9月12日頃発売
文庫判 予価858円(税込)
「嫌いな男」スピンオフ! 伊崎《いざき》の恋のお話♡
安西《あんざい》リカ
イラスト／北沢《きたざわ》きょう
隣の男
「ドリアン・グレイ」シリーズ、スピンオフ!!
菅野《すがの》彰《あきら》
イラスト／麻々原絵里依《ままはらえりい》
太陽はいっぱいなんかじゃない
モノクローム・ロマンス文庫 9月の新刊
9月12日頃発売
文庫判／予価1540円(税込)
歴史の中に消えた古い映画。それは幻なのか——。
ジョシュ・ラニヨン
イラスト／門野葉一《かどのよういち》
ムービータウン・マーダーズ 殺しのアート5
Collar《カラー》 me《ミー》③
Dom《ドム》/Sub《サブ》ユニバース アンソロジー
山田《やまだ》ノノノ カラーピンナップ付き♡
表紙イラスト：山田ノノノ
B6判／予価1430円(税込)
2023.9.
予価850円(税込)

手元の携帯を見て、四郎はエレベーターに戻った。

「ほどほどにビシッとか。わかりやすいな」

国会内でも最近はしめている者が減ったネクタイを、緩めてするりと取る。

畳んでポケットに入れようとして顔を上げると、同じホールに壮太《そうた》がいるのが目に入った。

十人ほどの年配者を、秘書と壮太で案内している。

恐らく支援者の国会ツアーだ。英知も何度もアテンドを経験していた。時間的に解散するところだろう。

「白州《しらす》英知」

その集団の中から、嗄《しゃが》れた声が英知を呼んだ。

聞きおぼえがあると思った瞬間に、身なりのきちんとした年配の男が、集団の中から飛び出して英知の懐《ふところ》に飛び込もうとした。

「宮越《みやこし》さん！」

既《すん》でで、体の真ん中を狙ってきた小刀が体に入るのをなんとか交わす。

叫んだのは壮太だった。

そうだ。今何とか自分が腕を摑んで押さえているこの老人は、宮越といった。壮一の熱心な支援者だ。英知も何度も顔を見ている。

「貴様よくも、先生がやっと総理になられるところをあのような恥辱《ちじょく》を浴びせて……っ」

その恨みがどれだけ深いか、英知は誰よりも理解できた。

「やめてください宮越さん！　こんなところでそんな……父は喜びませんよ‼」

駆け寄って壮太も、宮越を押さえにかかった。

定位置に配置されていた警備員も、防犯カメラで見ていた警備員も駆けつけてあっという間に大事《おおごと》になる。

「最初からこいつを殺して私も死ぬつもりできました！　長年かわいがってきた飼い犬に手を噛まれて、どれほど悔しい思いをなさったか‼」

「宮越さん」

転がった小刀には、刃に深く高名な刀匠《とうしょう》の名前が彫ってあった。

「宮越さんにも、神代《かみしろ》先生にも、本当に申し訳ないと思っています。けれどリークは後悔していません」

この間壮太に言われた言葉が、英知の耳元にさわる。

「私は、飼い犬ではありません。神代先生も、育てた者をそのように思われる方ではありませんよ」

壮太に教えられたからではない。

そうまでするつもりはなかったのに、政界から引退してしまった父と等しい人を、英知は尊敬していた。

実の父が壮一に跪《ひざまず》いていた気持ちとは違う。

帰らなくなった次男を気にかけ、秘書としてつく相手を失った英知の身がしっかり立つように、忙しい中心がけてくれた人だ。

「わかってるなら貴様は何故《なぜ》」

「宮越さん、落ちついてください！　こんなことをされては、もう二度とお迎えすることはできません」

宮越の背を摩《さす》って、壮太が距離を窺っている警備員を掌《てのひら》で静止する。

「すまん、英知。まさかこんなつもりだとは知らなかった。本当だ」

「わかっています」

必死な目をした壮太に、英知は頷いた。

「……恥を忍んで頼む。見逃してくれないか」

「壮太先生！　私のために頭を下げるなど‼」

老人は状況を理解せず、まだ英知をまったく許せずにいる。

目撃者は大勢いて、警備員さえ見ている。だが、議員会館の中は家庭と等しい密室になることもできた。

ここまでのことが起こっても、議員会館内なら見逃すことは可能だ。

「壮太先生が私にそうおっしゃるのは、神代先生のためです。宮越さん。支援者が私に凶行を働いたと知れたら、それこそ先生の名が汚辱に塗《まみ》れます」

これからもつきあわなければならないだろう壮太には言わせず、英知は声を張った。

「だが先生はこれから……」

総理に、と声を枯らして宮越が手を握りしめる。

壮太に頼まれたことを呑もうと、英知は転がっている小刀を見た。

小刀は美しく無傷だ。汚れもない。

「先生！」

エレベーターから、四郎が深山と宇野を連れて出てきた。

振り返ると、深山と宇野は前回と同じ制服姿だ。

人だかりは増えていて、警備員も十人を超えている。床にある小刀を、二人の高校生が凝視しているのが英知の目に映った。

「壮太先生」

また、昔と同じ滞《とどこお》る水のような判断をしようとした。

「申し訳ありませんが、見逃せません。宮越さんは、殺意を持って人間に凶器を向けました。決して看過《かんか》できることではないはずです」

咎《とが》めるのではなく、壮太を説得する。

「警察を呼んでください。小刀をしまって、宮越さんをよく見ていてください。早まったこと

をするかもしれません」

代議士たちの判断を待っていた警備員の一人に、英知は申し出た。

元より指示がなくてもそうすべきだった警備員たちが一斉に動き出して、議員会館二階は一気に物々しい雰囲気に包まれた。

「四郎くん」

もう真後ろにいる四郎を、英知はなんとか呼んだ。

「私の後ろに立ってくれ」

背中を庇うように、四郎に指示する。堅苦しい墨色のスーツを着ていてよかった。

ゆっくり立ち上がって、英知は立ち尽くしている深山と宇野に歩み寄った。

「せっかく来てくれたのに怖い思いをさせて申し訳ない。事件が起きてしまいました。危ないから、今日は帰宅してください。後日必ず連絡します」

顔色も青ざめている二人に、英知が頭を下げる。

「あの人……白州先生に？」

なんとか口を開いたのは、深山の方だった。

「そうです。あの人が支持していた政治家を、私はリークしました。話題になったから、検索してみるといい。私には何も、やましいことはありません」

こうした台詞《セリフ》を、四郎が言った「はったり」で一月から何度も英知は口にしてきた。

まっすぐに、心から声にしたのは今が初めてだ。

まだ曇らずにいてくれる瞳を、真摯《しんし》に英知は見つめた。

「ましてや、私の性的指向とも無関係だから。心配しないでください」

絶対に彼らに、怖い思いをさせたくない。

「先生の、性的指向……？」

固まっていた宇野が、驚いて口を開いた。

「この間は、打ち明けられなくて申し訳なかった。私の恋愛対象は男性です。まだオープンにできていないから、あの老人はそのことは知りません」

性的指向は理由ではないことも、どうしても今告げておきたいと性急に言葉を選ぶ。

「いかなる暴力も、絶対に看過されてはならない。私は暴力を決して許容しないから、安心してください。こんな状況になって本当にすまない。何か不安なことがあったら、必ず相談してください」

背後では既にホール全体を、立ち入り禁止にするためのロープが巡らされていた。

「必ずだよ。四郎くん、深山くんと宇野くんをタクシーに乗せてあげてください。タクシー代もお渡しして、しっかり見送って」

彼らを安心させてくれと、四郎の耳元で英知が乞う。

「わかりました。先生は」

気丈な四郎の声は、英知に安堵をくれた。

「大丈夫だ。とにかく君は二人を送って」

声を平静に保って、英知が四郎の腕を取る。

こういった経験は今までもあった。街頭演説で野次を飛ばされるのは日常だが、まれに石が飛んできて壮一や壮太を庇ったことがある。

三人がエレベーターを待って頭を下げるまで、英知はまっすぐ立って毅然《きぜん》とした笑顔を決して崩さなかった。


「薮《やぶ》なんじゃないのか。担当医」

きれいな木目の天井をしばらく見つめて、英知は言った。

枕辺に四郎が、珍しくわかりやすい怒気を纏って座っている。

「目覚めるなりよくもそんな……僕がどんな思いをしたか少しは考えてください！」

「さすが抜かりなく手入れされている文化財だな。スパっと切れて返り血も浴びないとは」

小刀は、確かにきれいで無傷だった。もともと手入れがいいところに、今日のために宮越は研《と》いできたそうだ。

刃は咄嗟《とっさ》に避けて体を捻った英知の脇腹の端を掠《かす》めて、背中にかけてきれいに斬った。あまりの切れ味に傷の大きさ以上に出血が激しく、深山と宇野にはそれが絶対に見えないように、英知は四郎を背中に立たせた。

「僕は、だから言ったのにと言うのも嫌いだし、言われるのも嫌ですが」

どうしても四郎は、憤《いきどお》りを払えないようだった。

「危ないと言ったでしょう。恨まれているはずだと。今回のことは回避できませんでしたが、僕はこうなることをずっと恐れてました。先生はどうなってもいいと思っていたんですか！」

四郎が声を荒らげるのを、英知は己に呆れながら聴いていた。

「いや」

セキュリティのない、神代家の地元でもある地元神奈川《かながわ》二区のマンションを四郎は咎《とが》め、公共交通機関にも乗せられないと確かに言っていた。

「わかっていなかった。理解はしていても、実感がまるでともなっていなかった。それは俺にはいつものことだったんだ。怖いと、思えなかった。このことだけじゃない」

言葉と意味を頭で理解しても、怖いと思える感情が英知にはなかった。

「悪かった。君はとても怖かっただろう」

斬られたことには、その場で気づいた。熱く感じたので知った。

「当たり前です！　あなたが背中から血をだらだら流しているのを見ながら僕は……」

血が流れて止まらないことには、濡れていく感触で気づいた。

背中に回らせた四郎には、みるみるスーツが濡れていくのが目の前で見えていたはずだ。

「本当に悪かった。それでもちゃんと二人を送ってくれたんだろう？　君のことは信頼してる。君には申し訳ないが、どうしてもあの子たちに血を見せたくなかった」

幼い頃から、父親に殴られた。英知はまだ、そうして自分がどんな人間に育ったのかちゃんと理解できてもいない。

見ていた双葉をどれだけ凍らせたのかを、やっと知ったばかりだ。

「献血をしたことはあるか？」

四郎たちが去った後、英知の足元の血だまりに職員が気づいて、英知はすぐにこの病院に運ばれた。

国会議事堂からほど近い、国家公務員共済組合連合会の大病院だ。年寄りの見舞いに、壮一や壮太の代理で何度か来たことがある。

輸血するほどではないが真皮《しんぴ》までいっていると縫合《ほうごう》され、麻酔が切れるまで個室を与えられた。

その麻酔がどうやら切れ始めたところだ。

「……？　はい。個人でもありますが、党に献血車がくることもあるので。定期的に」

白い掛け布団の上に置かれている左腕に繋がれた点滴の輸液が終わって、四郎が無意識に簡単な切り替えで管を閉める。

「俺も同じだ。体が大きいから問答無用で４００㎖抜かれる。あのパックの中の血が体の上にぶちまけてあったらその人は死んだと思われるだろうが、献血後に不調になったこともない」

「言われてみれば……。なんでこんな時にそんなまともな説明をするんですか！」

心配ないと英知は言ったのに、四郎が却《かえ》って怒る。

「さすがに斬りつけられたのは初めてだが、慣れてる」

モデルハウスと見まがうようなモダンな木目の部屋が段々とはっきり見えてきて、窓の外は夜に染まっていると英知は知った。

「暴力の、ことですか」

「父に殴られて、何か悪い場所が切れたことがあった。口の中から血が止まらず、体を丸めておとなしくしていたら治ったがその後出血死について一応調べた。俺の体重だと一リットル出血しても死なない。献血パック二つ分以上だ」

「なんのために、調べたんです」

努めて四郎が、冷静になろうとしているのがわかった。酷《こく》な話を聴かせているのをすまなく思う。

「父を息子殺しにしないためと、そばで見ていた人のためかな。一応調べたが、安心もしなかったし防ぎようがないとあきらめてはいた」

小さな四郎のため息が、英知の耳に触った。

そのため息と一緒に彼が何か呑み込んだ気がして、英知には言いたいことがあったのだけれど上手《うま》く言葉にならない。

「あなたを殺そうとした方は、自首扱いになったようです」

秘書として事務的に、四郎は報告した。

「反省しているようには見えませんでしたが」

自首扱いは神代家への忖度《そんたく》だと、四郎は言いたいようだった。

「最初は見逃そうとした。俺が、そう言った壮太先生に」

「殺人未遂ですよ？　しかも怨恨の」

目を見開いて四郎が、まっすぐまた憤りを見せる。

「殺人未遂か。報道されたのか？」

それはさっきまでの怒気とは違って社会的な憤りに、英知には見えた。

「当たり前です。外にも報道陣が集まっています」

「そうか」

自分はいいが、壮一がまたバッシングを受けることは英知には痛手だった。

壮一をリークした時、英知は双葉を得ることしか考えていなかった。英知には双葉の他に何もないからだ。双葉を失って生きていく理由など一つもなかった。

だから父と等しき人があんなにも世間に糾弾《きゅうだん》されることを、想像できていなかった。

「見逃そうとしたって、どういうことですか」

「恨まれるのは当たり前だ」

壮太に頼まれたことは、秘した。壮太が頼んだのは保身のためではない。

英知がもう、壮一を責められたくなかった。自分に纏《まつ》わることならなおのことだ。

「神代先生はあと少しで総理になる人だった」

天井を、英知は長く眺めた。

「楽をしてその場所までできたわけではないことは、俺もよく知っている。呑みたくない毒も呑み、石も投げられて。戦後を知っている支援者と支え合った」

「神代先生を評価する気持ちは僕にもありますが、一部の方々のための国ではありません」

「俺はまだ保守が癒《い》えてないな」

聞きなれない、どうしても抑えられないのだろう四郎の語気の荒さに苦笑する。

ちゃんと自分の心を明かせる言葉を、英知はほとんど持っていなかった。今まで心を明かしてこなかった。

「本物の伝家の宝刀を持ち出してきた、あの人のことは知っている」

だからわかることを話すしかないと、枕辺の四郎を見た。

その場では決して悔やまなかった宮越とは、英知は話したこともある。

「米農家を取りまとめている老人だ。減反《げんたん》政策が進む中酷《ひど》く怒って陳情《ちんじょう》にきて、先生は熱心に彼の話を聴いていた」

その頃の自分が、興味を持って話を聞いていなかったのもちゃんと覚えていた。仕事のために聞いた。齟齬《そご》がないように記録して、記憶していただけだ。

「話を聞いたのは、形ばかりじゃない。党内でＴＰＰに反対した数少ない大臣で、それで総理になるのが遅れたんだ。そうじゃなければもうとっくに総理になっていた」

自分のせいで壮一が総理になれなかったと、宮越の口惜《くちお》しさは一際だっただろうと想像できた。

「見逃そうとしたところに、君たちがエレベーターを降りてきたのが見えた。四郎くん、学生服を着た深山くんと宇野くん」

その時英知は、ずっと平坦なところで固まっていた、停止していた感情が、堰《せき》を切ったように流れ出した。

「彼らの前で暴力を許してはならないと。俺は」

自分を語る言葉が、英知にはほとんどない。

「俺は毎日殺されると思いながら育ったから、明日のことを考えたことがない。同じ思いをさせられない。あの子たちにも、誰にも」

自分を明かさずに、息を潜めて生きてきた。

「君が、あの子たちが来た日に言った。何も言わない人が、何も考えていないわけではないと」

「言いました」

ようやく聴こえた四郎の声が、僅かに掠《かす》れている。

「俺は何も言わずに大人になった」

不意に、左手に慣れない熱を英知は感じた。

四郎が英知の左手を、両手で握っていた。その左手に四郎は顔を埋めている。

「何も言わない人が、何も考えていないわけでは……ありません」

さっきより、四郎の声が掠れている。

「痛いな」

「すみません!」

手のことだと思い違えて、慌てて四郎は英知を離れた。

「点滴終わりましたか?」

不意に個室の扉ががらりと開いて、貫禄のある看護師が入ってくる。

「あら、早かったみたいですね。傷口が清潔だったので、止血を確認して歩けるようなら帰宅も可能ですがどうしますか?」

「お願いします」

点滴を外している看護師に、英知は言った。

「じゃあ先生呼んできますね。説明を聞いてから帰ってください」

手早く点滴の始末をして、看護師が張りのある声を聞かせる。

「あ！　死んだりしませんからね！」

その声は朗《ほが》らかに四郎に言って、あっという間に出て行ってしまった。

死なないと看護師が四郎に教えたのは、頬が濡れているからだろう。

「痛いのは手じゃない」

四郎の誤解を、英知は解いた。

「脇腹の傷だ。麻酔が切れてさっきから痛くてかなわない」

「ああ……だから藪だと。ここのドクターは皆優秀ですよ」

目覚めるなり英知がそう言った訳を、ようやく四郎が理解する。

繋がる時間を、続く呼吸を、四郎は決して断ち切らない。

「初めて痛いと感じた。痛いよ」

笑おうとして、痛みに英知は呻《うめ》いた。

「先生……」

「こんなに痛かったら、もっと何かできただろうにな」

感じずにいたから沈黙できた。父に歯向かわなかったその幼い頃を、英知は回顧した。

「きっと、最初は痛かったんだと思います」

「覚えていない」

「感じずにいられたから、あなたは今ここにいてくれるんだと、思います」

戦慄《わなな》く声を聴く。

点滴が外された手を伸ばして、英知は四郎の涙を拭った。

「かっこつけるのやめてもらっていいですか」

自分で涙を拭って四郎が言うのに、英知が笑う。

「嘘です。先生はかっこいいです。あの子たちの心を守った」

「同じ思いはさせたくなかった」

「かっこいいです」

繰り返した四郎に、長い長い息を、英知は逃がした。

父の一点を、見ないで生きてきた。父は、息子を殺してしまう人だった。理由は知っている。だが殺してしまうほど殴るのは、父の罪だ。

英知の罪ではない。

見ないようにして痛みを感じず、沈黙して毒に唇まで浸《つ》かって。

そうして英知を覆いつくそうとしていた澱《おり》が、ようやく流れていく。きれいな水に洗われながら。

「帰宅しても、療養は必要なはずです。ドクターの説明を受けて労災を申請しますね」

「俺はこの病院は嫌だ。何度も見舞いにきたが、そのじいさんたちはみんな死んだ」

「怒られますよ」

涙の残りを拭って、四郎が笑った。

彼が笑うと、英知は嬉しい。

「死にたくないな」

笑顔のままの四郎を見て、英知も笑った。

「紹介状をもらって、病院を変えましょう」

真顔で四郎が言うのに、二人で噴き出す。

「いてて……」

「しばらくは痛みますよ。庇って体が固まらないように、リハビリもできる病院にします」

秘書の顔に戻って、四郎が病院を探すように窓の外を見た。

けれど窓の外は夜の色だ。

「死にたくないって、聴けて嬉しいです」

静かな横顔で、四郎は言った。

「とりあえず明日はゆっくり休みましょう」

ずっと、四郎の言葉を聴いていたいような気がして、英知も窓の方を見る。

一つの愛しか持たないので、正気を違《たが》えて育ての父を裏切った。この痛みは代償なのかもしれないし、引き換えに得たものなのかもしれない。

もう、何も持たなくはない。気づくと四郎が摑んで離さない手が、重い。

「……明日か」

考えずに生きてきた。

明日も自分が世界に存在していることを。

「明日」

今日までは。


七月が訪れ、日当たりの良すぎる青山《あおやま》の議員宿舎で、英知《えいち》は遅い昼のコンビニ弁当を食べながらため息を吐いた。

古い六畳間が二つにバルコニーがあって、和室の障子から入る光は以前の布を掛けた窓よりよほど上等に思える。

「不満ですか。唐揚げ弁当」

古いキッチンに入居前から置かれていたテーブルで、相変わらず四郎《しろう》はシャツにズボンでパソコンを開いていた。

薄いブルーを四郎が好むことを、英知はいつの間にか覚えた。少しくすんだブルーだ。落ちついていて、冷たすぎず、四郎によく似合っている。

きれいだ。

議員とその家族以外みだりに入室してはならないという決まりが宿舎にはあったが、「みだりではないので」と四郎は構わず自由に出入りしている。

「弁当はうまいよ。結局最後はほとんど登庁もできず会期を終えた、というため息だ」

一方英知も、シャツにズボンだ。もう午後だが、スーツを着て出かける予定はないしさすがに暑い。

「仕方ありませんよ、閉会直前に刃物で斬られたんですから。それに、会期後は会期後でやることはたくさんあります」

「盆踊りか?」

自由党に居た頃、英知は夏休みは秘書として夏祭りについて回った。

「うわ、出た。盆踊り」

「失言だったよ……」

四郎の顔が険しくなった理由はすぐにわかって、英知が食べ終えた弁当を片付ける。

議員の多くは、夏祭りを巡る。それは祭りへの寄付という形で、支援者に献金するためだ。

「公職選挙法第百九十九条の二の規定に抵触《ていしょく》します」

「どうせ社会党の議員なんて、地域の祭りの方でも歓迎しない。法に抵触する寄付をしないとわかっているんだから」

法律の穴を探して金銭のやり取りを考えるのが議員周りの仕事だったことを思うと、英知は今の日々が好きだ。

議員が入りたがらない青山の築六十年の議員宿舎は、慣れると自分に相応の落ちつく住まいとなった。

できれば明日もここにいたい。その時こうして、四郎にそこにいてほしい。

知らなかった明日を、英知に教えてくれたのは四郎だ。

「でも、最近地方で若手の社会党党員を求められているんです。夏祭りにでもとりあえずきてみてくれないかと、委員会で具体的な話が出ました」

ふと、おかしな緊張とともに、四郎が言った。

「地方にいくほど保守だろう。人は」

「それが……僕も中央で育っているので最近まで知らなかったんですが、地方の状況が変化しつつあるんだそうです」

委員会の話ということは仕事のことだというのに、珍しく四郎の声が憂鬱《ゆううつ》そうだ。

弁当を片付けたついでに小さな冷蔵庫から麦茶を出して、英知が向かい合っているそれぞれのグラスに注ぐ。

「どんな風に」

「少子高齢化は地方の方が深刻ですから、空き家の多い限界集落も増えています。そこに、全国各地からそれこそ多様な若者の呼び込みに成功した例が出てきて」

「地方創生か？」

「そういうこととも、違うようです。自然発生に近いみたいです」

見てきたわけではないと、四郎も与えられている情報に惑《まど》っている様子だった。

「今はネットでやろうと思えば、全国的なビジネスも省庁との連携も取れますから。若い世代が地域を……活性化させる、というのとも何かこう異質な。新しい町づくりが進んでいるらしいんです」

「いいことじゃないのか？」

「とても素晴らしいことです。省庁と繋がることを思いつく人材がいて、能動的に動く次世代がいて。ほとんどがクリエイターで、そうすると保守ではないそうなんですよ」

クリエイターやアーティストの多くが保守ではないということは、過去からの法則に近しい。

「思いもかけないことが起こってるんだな」

「そうなんです。初めて聞いた時は僕も驚きました。昔は地方の人が移住者を嫌う傾向があったんですが、そうも言っていられないほど人口が減ったので共存も生まれて」

いい話なのにどうして四郎の声が沈んでいるのか、英知はまだわからなかった。

ただ、昨日今日知った話でもないのは、語尾からわかる。

「イデオロギー的にまとまりが出てきたそうです。多様を理解していて次世代とも交われる党員に、支部の立ち上げを手伝ってほしいという話で」

その話が四郎のところに来ていると、ようやく英知は理解した。

議員会館で殺されかけたことで、英知はまたメディアに取り上げられている。だがそれは最早社会党にとって、有名無実でしかない。

スローガンさえ決まらない。議員として実績を作る様子のない英知に有能な四郎をつけておくよりは、未来のある支部に回したい党の思いは当の英知にも察せられた。

「前からあった話です」

事件があったから今言われたわけではないと、四郎が英知に告げる。

——私だけじゃなく皆こっちも兼ねられるから、あっちもよく考えるといいと思うよ。

四郎が説明しなかった、羽田《はねだ》との会話を英知は思い出した。

もしかしたら四月には四郎は異動しているはずだったのに、そこに突然英知の議席が増えて留まったのかもしれない。

いずれにしろ派手に有名無実が再確認されて、支部立ち上げの話が再浮上したのだろう。

「行くのか？」

本当は尋ねたくもなかった。

手を止めて、四郎は沈黙している。

「冬には屋根まで雪が積もって、夏にはその雪解け水が小川に流れるような土地だそうです。蛍《ほたる》がきれいだと、聞きました。先生も行きませんか？」

どういう意味で四郎がそう言ったのか、英知にはまるでわからなかった。

「議員を辞めてか？　それも楽しそうだが、行って俺に何ができる」

「クリエイターの中には、有機野菜や有機米のブランドを立ち上げている方々もいますよ。やれることは実はいくらでもあるというのが、彼らの言い分です」

「雪解けを待って、畑を耕して、か。考えたこともない暮らしだが」

映像でしか見たことのない光景は、想像してみると随分と美しい。

「楽しそうだ」

考えたこともないような幸いが、そこにあるようにも思えた。

「だが、深山《みやま》くんと宇野《うの》くんの話がまだ途中だ」

鎮痛剤と抗生剤を与えられこの部屋で休んで十日目に、深山と宇野はまた学生服姿で見舞いに来てくれた。

抜糸を終えて動いた方がいいと医者に言われていた英知は、二人を誘って四郎と四人で青山の裏手を歩いた。

先に四郎に確認して、時々四郎を見ながら、自分の話を彼らにした。

何も言えずに、今の年齢になった。後悔するほどにも、その間の世界を見ていない。

だから一緒に考えさせてほしいと、これからのことをお互いに約束できた。

「もちろん、忘れていません。彼らは先生を信頼しています。先生はここを離れては、駄目です」

整合性のないことを言った自分に、四郎が戸惑《とまど》う。

「悪い冗談です！　忘れてください」

大きな声を立てて、テーブルに肘をついて四郎は両手で頭を抱えた。

「悪くはなかった。楽しい想像をしたよ」

冷たい麦茶の入ったグラスを、英知が四郎にわかるように近づける。

「あなたは永田町《ながたちょう》生まれの永田町育ちですよ」

仕事中のドライさではなく、言葉とは裏腹に四郎の声にやさしさが滲《にじ》んだ。

「なのになんの実績もない」

「これからです」

根拠のない励ましではないと、四郎が顔を上げる。

確かに信頼してくれる請願者との対話を、四郎は一番近くで見ている公設秘書だ。

「……赤ん坊じゃないんだから」

行きたければ行けばいいと、英知は言おうとした。

自棄《やけ》のような言葉でも、拗《す》ねた思いでもない。

そういう場はきっと、四郎を求めている。四郎もきっと、その立ち上げに携《たずさ》わりたいだろう。

存分に、思うままに働ける。

「行かないでほしい」

理性とは懸け離れた感情が、向かい合わせのテーブルの上を通っていった。

酒も呑んでいない。今英知には酒は必要ない。

「くどいてるんですか」

言葉はふざけているようでも、四郎は茶化していなかった。

「そうだ」

言い放ったのに声が頼りなく聴こえて、自分が情けない。

「もう少し何か言ってみてください」

「くどき方がまったくわからない」

「アラン・ドロンみたいな顔してよくもそんなことを……いいえ」

憎まれ口をきこうとして、四郎はため息のように笑った。

「それがあなたの精一杯だと、僕はもう知っているようです」

穏やかな、四郎の声が英知の耳に触る。

できれば笑ってほしい。不適切だと謝罪せず、その指で触れてほしい。

「高校生くらいにはなりましたね。それって、恋ですか?」

尋ねられた意味が、英知にはわからなかった。

「僕は今、あなたに惹《ひ》かれています。でもそれは斬られたあなたを間近で見て、病室で手を握ってしまって。吊り橋効果なんじゃないかと疑っています。映画じゃないんですから」

「君はどこまでリアリストなんだ……」

「吊り橋効果なら、まだいいです」

辛そうに四郎に見つめられて、彼が不安に思っているのがそのことではないと伝わる。

「よくないことはなんだ?」

「あなたが幼子《おさなご》だったことです」

「それは」

そんなことはないとは、もう英知にも言えなかった。

生まれて、生きながら、生きるために英知は自分を止めていた。暗い澱《おり》に浸《つ》かって閉じ籠《こも》っていたガラス瓶を惜しんで、その外側に世界があることを知ったのは今だ。

「君が、俺を助けてくれた。明日も生きていていいと、初めて明日のことを考えた」

「はい。僕があなたを助けました」

その何に四郎が躊躇《ためら》っているのか、英知には見えてこない。

「適切な喩《たと》えとは思えませんが、僕は深山くんや宇野くんに絶対に触らないです。彼らは未成年で、高校生で、未分化とも言えます。これから大人になる」

「ちょっと待ってくれ」

手を伸ばして助けた幼子と恋をするのは不適切だと、四郎が言っているとやっと英知は理解した。

「俺は三十八だ」

「わかってますよ。でもあなたが何も見えずに自分を……罪人だと思い込んでいたことも、僕にはまだ鮮明な記憶です」

もしかしたら断られているのではないのかもしれないと、四郎の揺らぎから英知にも伝わる。

本来なら四郎は、このケースで絶対に英知と恋愛をしない。それが四郎の倫理《りんり》で、生き方のルールだ。

運河のそばで額に触れた時も、四郎は惑《まど》っていた。距離を置かれ、謝罪を英知は受けた。

あのときにはもう始まっていたのかもしれない。二人の間に、今は不適切だと四郎を悩ませるものが。

「君が自分を許容できないというなら、俺はそれを尊重したい。君の在り方を尊敬してるから。それに」

揺れている四郎のまなざしに、英知は覚えがある。

「嫌な思いはさせたくない」

罪悪感だ。

「あなたみたいな保守のおじさん、絶対好きにならないって僕は……っ」

声を掠《かす》れさせて、四郎が両手で顔を覆う。

きっと四郎には持ち慣れない、迷いと惑いを、指先の震えが教えていた。

「もう保守じゃあないようだ。俺から触るのは、セクハラだと知ってる。幼子だったが、立場が上だ」

勉強会で叩き込まれたことを、英知が口にする。

「……尋ねてください」

顔を覆ったまま、四郎は言った。

「君に、触ってもいいか？」

まっすぐに、英知が尋ねる。

午後の議員宿舎に、長い間が置かれた。

「あなたに触れてほしいです」

言葉を確かに聴いて、向かい合わせに座ったまま英知が手を伸ばす。

こうして手を伸ばしてくれたのは、いつも四郎だった。けれどきっとこれからは、四郎は英知に触らないように努めるのだろう。

顔を覆ったままの指に、指でそっと触れた。ゆっくりと彼が強張《こわば》りを解くのに、指を握る。

重力に任せてテーブルに降りていく四郎の手を、英知は両手で抱いた。

指に、指を絡める。指の腹で爪のそばを撫でた。爪の形が整っている。忙しさとかまわなさで、皮膚が固い。

その固さが四郎だ。僅かにざらりとした四郎の指が、とても好きだと英知は思った。

「……っ……」

肌の熱が、上がったのがわかった。

瞳を見ると四郎は恥じて、唇を噛み締めている。

静かに、英知は四郎の肌から離れた。

「罪深いことだとは、絶対に思わせられない」

触れて、情動を感じた時に四郎が自分を肯定できないのなら、無理だ。

それは英知が歩いてきた、暗くて長い、永遠のような泥土だ。辛く、疲れ、痛みも感じられず、そのすべてが己のせいだと信じていた。

この夏がくるまで。

「青山でも蟬《せみ》が鳴くんだな」

抱きしめることも、くちづけることも、英知はあきらめた。

負わせたくない。同じ泥を。

「あなたが育ったところでは、もっと鳴いていましたか」

大丈夫と言わない四郎を、英知は信頼した。

「海のある町だったが、屋敷は山際で。夏はずっと蝉の声を聴いていた」

きっと、愛し合える日はこないのだろう人を見つめて自分を罪深いと思い込んで。それを父に知られて叩かれているとき、英知は蝉の声を聴いた。

今自分は蝉の声を聴いている。それだけだと、思おうとした。

「蝉の鳴く音、鳥の囀《さえず》る声。山からおりてくる風が木々を攫う音。すべてが俺には助けだった」

一つ一つ、逃げ込んだ音を思い出す。

逃げ込ませてくれた。助けになってくれたそれらの音は、今も英知を安らがせる。

「だが、助けてくれるものを愛したことはなかった」

「僕は人間ですから」

腹立たし気に、四郎は英知を睨《にら》んだ。

「そうだった」

そういう気丈な四郎が、英知には心地よい。

「大丈夫だ」

笑って、英知は四郎の目を見返した。

「誰かを、こんな健《すこ》やかな気持ちで思う日が俺に訪れると思ったことはなかった。顔を上げて人を愛せるだけで、俺には充分だ」

情動のおさめ方を教えてくれる者が現れるのは稀《まれ》だと、四郎に言われたことを英知が思い出す。


「心からよかったと、思わなければいけないのに」

唇を噛み締めている四郎が、いつもより幼く見えた。

いつかの台詞《セリフ》を、四郎が繰り返す。

「僕は若輩者《じゃくはいもの》です」


確かに教えられはしなかった。誰にも。

自分でおさめ方を覚えたのだと、衝動で動かないことが常となっている己を英知は知ることになった。


「目がいやらしいです……」

「バレたか」

「バレますよ！　……あなたのそばにいた方は、どうやって堪えていたんでしょうね」

同じ立場に立たされて、四郎が双葉《ふたば》を思う。

相手のことを思いやるほどの余裕は、少年だった英知にはなかった。

今は違う。瞳で、心で四郎を欲しても、四郎に泥を被《かぶ》せないために堪える。そしてそれを四郎に伝えられる。

「君が罪悪感を感じるなら、俺には無理だよ」

伝えると、蟬の声を聴いて四郎は長いこと窓の方を見ていた。

日が僅《わず》かに傾く頃、インターフォンが鳴った。

議員宿舎まで誰かが訪ねてくるのに、だいたい碌《ろく》なことはない。ほとんどは記者だ。

「はい。どちらさまですか」

相手によっては英知に居留守を使わせる前提で、椅子を立って四郎が応答した。

気の早い蜩《ひぐらし》の方を、今度は英知が見た。


秘書もつけずに独りで現れたのは、七月なのにネクタイを締めた壮太だった。

「何も受け取れませんよ」

四郎がいた場所に壮太が座って、四郎はテーブルを挟んで英知の後ろに距離を置いて立っている。

「そう言われるのはわかっていたが。もうこれだけ騒ぎになってる。ただの見舞いだ」

見舞いと書かれた包みを壮太に出されたが、英知は固辞した。

「受け取れません」

もう一度、穏やかに英知が告げる。

「私の方こそ、きちんと壮太先生には謝りたかったんです。来てくださってありがとうございます」

「……いや」

今は壮太の支援者となった宮越《みやこし》に斬りつけられた英知が、それでも壮太に何を謝りたいのかは誰にでもわかることだ。

「謝罪などいらない。エレベーターで一緒になった時は、感情的になって悪かった」

らしくない感情を晒《さら》したことに、壮太が頭を下げる。

「今回の件がメディアで騒がれて、確認してほしいものがあると党の広報に呼ばれた」

絞り出すように、壮太は言った。

背後で四郎が息を呑んだのが、英知にも聴こえる。

状況と、壮太の表情が、写真を見たことを物語っていた。同じ屋敷で兄弟のように生まれ育ったはずの英知が、自分の弟を抱いている写真だ。

「……父さんは」

それだけ言って、壮太の声が途切れる。

「何もありませんでしたし、誰も何も」

壮太は弁の立つ人で、いつも淀《よど》みなく話すのを英知は近くで見てきた。この場でも何を尋ねて何をどう処すべきか、考えずにきたはずがない。

「だが」

なのに壮太は、まともに言葉が出てこなかった。

「ご心配をおかけして申し訳ありません。自分の一方的な感情で、それも完全に終わりました。あの日以来一度もお会いしていないです」

「兄弟だと伏せているので私は知るのが遅れたが、弟は男と」

双葉が金髪の青年とパートナー関係を公表しているのを、壮太は最近知ったようだった。言われて英知も、五月に四郎に見せらせた雑誌を思い出す。神代《かみしろ》家に伝わっていないと想像するのは少し無理があった。

「屋敷にいた頃も、何もありませんでした」

「本当は」

せめて兄を安心させようとした英知の声を、顔を上げて壮太が遮る。

「昔から気に掛かっていた」

絞り出した声が、僅《わず》かに戦慄《わなな》いていた。

「家の中に真っ暗な雲がかかってるようで、俺はそこは見ないふりをしてた。おまえたちに何かなんて、俺には認められなかったのもあるが」

滅多に見せない家での言葉に壮太はなってしまって、まなざしが少年期を回顧している。

「白州《しらす》さんが」

今は亡い、英知の父を壮太はそう呼んだ。

「おまえを殺してしまうんじゃないかと思って」

「見たんですか……?」

「何度か、見た」

見たけれど壮太は壮太で蓋《ふた》をしてきたと、明かされる。

歳が離れていると言っても、壮太も子どもだった。

「そのことも、どうしてなのかも、考えるのが恐ろしかった。それで俺は、見なかったことにしていた」

「申し訳ありません」

壮太の心にも傷を刻んだことは、英知には謝ることしかできない。

「助けられなくて、すまなかった。英知」

憔悴《しょうすい》した目で、壮太は言った。

「そんなことは」

「俺は、家族の誰にとっても役に立たない男だな」

自嘲的な壮太の声を、初めて聴く。

「壮太先生がいなかったら、神代先生は救われません。突き落とした自分が言っていい言葉では、ないですが」

「突き落とされていない。父さんはおまえを恨んでいない」

力なく、壮太は首を横に振った。

「国会でやり合った後、勇ましいと称えていた。妬《ねた》ましいよ」

一瞬、名前の通り壮健というように似つかわしい壮太が、子どものように泣いてしまいそうに見えた。

力強い、負けを知らない王のような父。思想を違《たが》える危うい弟と、その弟に傅《かしず》く少年。その少年の父親は、何度も息子を殺そうとした。

家の中に真っ暗な雲がかかってるようで、俺はそこは見ないふりをしてた。

子どもの頃の英知の記憶では、壮太は家にいないことが多かった。長い休みには、短期留学やサマースクールを積極的に選んだ。双葉は望まなかったボーイスカウトにも参加して、ボランティア協力にも熱心でとにかく外に出て行く人だった。

活発で快活で、代議士への道に迷いのない人だと、英知は思い込んでいた。

そうではない。家の中にある真っ暗な雲を、壮太は恐れたのだ。

「壮太先生」

壮太が代議士になってその秘書になる前、英知は壮太をなんと呼んでいたのか思い出せない。

「今は、自分は大丈夫です」

謝ろうとして、思いがけない言葉が英知の喉元を出ていった。

「本当か？」

俄《にわ》かに信じられることではないとは、英知にもわかる。

弟のように英知を案じてくれたからこそ、壮太は英知に新しい家を持たせようとしてくれた人だ。地盤だけでなくきっと、壮太は英知に当たり前の家族を与えたかった。

「同じ立場の、まだ未成年者の請願者と話しています。一緒に考えています。一つ一つそうして」

まだ英知には、簡単に自分のことが語れない。

「今この歳になってやっと、社会と関わっています」

「……よかった……」

それでもなんとか綴《つづ》った「今」に、自分の組んだ両手を握りしめるようにして壮太は声を震わせた。

見守って背後に立っている四郎が、少し泣いたのが何故《なぜ》だか英知はわかった。

両手で顔を押さえて、背筋を伸ばして、壮太が体を正す。

「父が、おまえに会いたがってる。今回のことを謝りたいそうだ。訪ねてやってくれないか。父がここにくればまた騒ぎになるかもしれない」

神代家を訪ねて、壮一に会う。

それは英知には、大きな壁のある行いだ。

「……ご一緒してもよろしいでしょうか。秘書ですから」

遠慮がちに、四郎が二人に尋ねる。

「藤原《ふじわら》先生の、ご子息だね。この間は君にも無礼をして申し訳なかった」

「いいえ」

自分をきちんと認識している壮太に、四郎は惑《まど》わなかった。

「あの時も君は毅然《きぜん》としていた。丁寧に止めるのに絶対に謝罪しないことには感心したよ。一期目から優秀な秘書に恵まれたものだ、英知は。頼むよ、藤原くん」

神代家に英知を連れて行ってくれと、壮太が四郎に託す。

「もちろんです」

「日を改めて、ご挨拶《あいさつ》にうかがいます」

壮一に会うことは観念して、それでも謝罪を受けるつもりはないと英知は言外に伝えた。

「父さんは……本当におまえに会いたがってる」

それだけ言って、壮太が席を立つ。

歩き出した壮太に、四郎がテーブルに置かれたままの厚い封筒を両手で差し出して頭を下げた。

「失礼を承知でお返しするのが、自分の仕事です。どうか」

懇願《こんがん》した四郎に、壮太が苦笑する。

「本当に優秀だ。私の公設秘書だった英知は、そんなじゃあなかった」

やっといつもの壮太に戻って、憎まれ口を残して去っていった。

下までという四郎を壮太が玄関口で断る声が、部屋に残された英知の耳に届く。

壮太によく挨拶をして鍵を掛けて、四郎はすぐに戻った。

「……君の言う通りだ」

蜩を探して、英知はキッチンと距離のない和室の窓辺にいた。

「誰も見たままじゃない。壮太先生は綻《ほころ》び一つない人だと思っていた。同じ敷地の中で育って、長く秘書を務めたのに俺は」

「あなたは」

壮太へのすまなさに右手を強く握りしめている英知を、四郎が呼ぶ。

「誰のことも責めないんですね」

静かに四郎は、同じ窓辺に並んだ。

「かっこつけてるんだ。君の前だから。壮太先生が言った通り、ここに辿り着くまではそんなじゃなかった」

さっき壮太が言ったことは、冗談や嫌味ではないと英知自身一番よくわかっている。

言われたことを卒なくこなして先回りもしたが、自分の判断で言葉を選んだことはただの一度もなかった。

「辿り着くのは、簡単じゃなかったはずです。あなたが、自分で来た道ですよ」

横顔を四郎が見ているとわかって、振り返る。

「なんとかここまできたら、君がいたんだ」

その言葉は、二人を止めてしまう言葉だとわかっているけれど、嘘は吐《つ》けなかった。

「少しだけ、いいですか」

尋ねた四郎の指が、英知の額に伸びる。

小さく笑った英知の額を、四郎は撫でた。あの運河端の時と同じに。

「少しだけです」

いや、まったく同じではない。衝動で触れてしまったという四郎のあの日の指よりもっと、熱が籠《こも》っている。季節のせいではない。

それでも抱きしめることは、英知にはできなかった。

額にある四郎の指に、そっと指を重ねる。

お互いが別々の理由で、瞳を合わせても抱き合えない理性を持っていた。

蜩の鳴く声を頼りに、長い時間ただ、指先だけで繋がっていた。

盆が過ぎて、不意に夏の終わりの気配がさした横須賀《よこすか》駅からの道を、英知《えいち》は四郎《しろう》と歩いた。

「この道を歩くのは久しぶりだ。免許を取ってからはいつも車だったから」

車を出そうとした四郎に、電車で行って歩きたいと言ったのは英知だった。

傷はすっかり癒《い》えて完治したと医者に言われたが、まだ引き攣《つ》れる感触が残っている。

「じゃあ、歩くのは子どもの頃以来ですか」

「高校時代は、通学電車に乗るために駅まで往復歩いた。ほとんどそれ以来だな」

大学に進学した双葉《ふたば》が家を出てしまったので、大学は三年から一人暮らしをしたいと、壮一《そういち》に申し出た。自分の父親は英知までが家を出るのを恐れるだろうとわかっていたので、王である壮一に言った。

駅での約束を果たさなかった英知を双葉は嫌ったのかと誤解していたら、壮太の秘書になった頃に「白洲絵一《しらすえいち》」が文壇に華々しくデビューした。

神代《かみしろ》家としては、英知にこれから議席を預けるというその時だ。

激高《げっこう》した壮一に双葉を見張るように命じられて、鎌倉《かまくら》に通うようになった。

十年以上何一つ明日にいかない時間は続いて、その時確かに英知はこの上なく幸せだった。

「帰りに、寄りたいところがあるんだがつきあってもらえないか？」

こうして四郎と言葉を交わしながら歩く時間も、幸せだが違う幸いだ。

「どこへでも。お盆を越えたら、やっと少し涼しくなってきましたね。きれいな土地です」

歩くのも何処《どこ》へいくのも少しも苦ではないと、四郎が笑う。

「戦前からここに構えられた屋敷だ。四代前の当主は明治政府の軍人だったという話だ」

いかにもという高い塀が長く張り巡らされている屋敷が見えて、英知は四郎に語った。

「俺は議員会館で殺されかけたが、それに近しい出来事は子どもの頃から何度か見た。この静かな山際の上空を報道のヘリが飛ぶ音も、何度も聞いたよ。きっと、今年も何度か来ただろう」

同じ世襲議員の家でも、藤原《ふじわら》家とはまるで違うことを説明した方がいい気がして、簡潔に四郎に教える。

「僕は権威には否定的ですが、足が竦《すく》むものですね」

「俺も気が重い。去年の暮れ以来だ」

壮一に敬意を表して、八月だが英知はネクタイにスーツで着た。腕にかけていた墨色のジャケットを羽織る。

誰にも阿《おもね》ることのない四郎が、何も頼まなかったのに今日はグレーのジャケットを着ていた。

襟付きのシャツがいつものブルーではなく白であることを、英知は惜しんだ。

「英知」

門を開けるなり英知の名を呼んだのは、英知が生まれる前からこの家にいる家政婦の竹中《たけなか》だった。

「お久しぶりです。竹中さん」

敷地の外から、七十を過ぎた着物姿の竹中に英知は深く頭を下げた。

「……傷はどうなんだい」

双葉《ふたば》を育てた乳母であった竹中は、英知にとっても母同然の人だった。

「たいしたことはないです。騒がせて、すみません」

「なら、よかった。先生が待ってるよ。お入り」

必死に英知の顔を見ていたので、竹中は四郎に気づくのが遅れた。

「はじめまして。白州《しらす》先生の第一秘書を務めております、藤原四郎と申します」

名刺入れを出して四郎は差し出したが、受け取るのを竹中が躊躇《ためら》っている。

「英知。どうして……」

四郎の名刺に書かれている「社会党本部」という文字を、酷《ひど》く悲し気に竹中は見ていた。

学びがないと竹中はよく自分のことを言っていた。それでも己を守ってくれた神代家に石を投げる側の者だとは、思ったのだろう。

「竹中さん」

多くは思考しない。大切にしてくれた人に応え、弱き者小さき者を大切にするやさしくて強い古い時代の女性だ。

「悲しませて、本当にすみませんでした」

言い訳は何も思いつかない。

そっと四郎の名刺を受け取って、俯いて竹中は二人を案内した。

ほとんど一つの森のような王国に似た土地を、けれど四郎は不躾《ぶしつけ》に見ない。ここは現役の代議士の家で、引退したばかりの官房長官の家だ。他党の者でなくとも、必要以上に知っていいことは何もない。

有能な秘書だ。改めて英知は、四郎への信頼を深めた。

「こっちだよ」

母屋《おもや》ではない方角に導かれて英知が僅かに足を止めたのに気づいてか、竹中が庵《いおり》を指す。

戦前からあったという蔵を壊したのは、もう二十年以上前だ。双葉が帰らなくなって、その場所に庵が建てられるのを英知は見ていた。

空いた場所が不自然だから、敷地に見合った建物を建てた。そんな風に見ていた。

「旦那様」

その庵の戸を叩いて、返事を待ってから竹中ががらりと開ける。

壊された蔵の中にあった本と、新刊と思われる新書や全集が張り巡らされた本棚に並べられて、窓から光を乞う机に付箋だらけの本が積んであった。

「お久しぶりです」

その机の前にいる人に、英知は頭を下げた。

竹中は姿を消してしまった。

「よく来てくれた」

「はじめまして。白州先生の第一秘書を務めております、藤原四郎です」

神代壮一《そういち》が声を発するのを待って、四郎は挨拶《あいさつ》をして名刺を出した。

「私に名刺なんか、もういらないよ」

苦笑して、それでも丁寧に壮一が名刺を受け取る。

「そうだ。藤原くんのご子息だったね」

「はい。父がいつもお世話になっております」

「もう世話はしていない。いや、藤原くんの世話はもともとしていないな。若手たちの派閥《はばつ》を率いている」

嫌味ではなく、英知が見たことがない穏やかな顔で笑って壮一は、手で二人に椅子をすすめた。

「いつもは私しか使わない場所なので、不揃いで申し訳ない」

竹中が用意しておいたのだろう、麦茶のカラフェとグラスがミニテーブルに置かれている。

座れずに、英知は立ち尽くしていた。

あまり見覚えのないシャツを、壮一は着ている。いいものだと一目でわかるが、普段着だ。

ほとんど見覚えのない、休みの日の壮一だ。

休ませたのが自分だと思うと、英知は辛《つら》かった。

「宮越《みやこし》さんが、本当に済まなかった。許してくれ英知」

不意に、立ったまま壮一が深く頭を下げる。

「やめてください。謝りにきたのは私の方です。顔を上げてください」

「引退を決めて後援会を解散して、きちんと支援者たちと話さずに壮太に託してしまった。長くお世話になった人々に何も語らなかった、私の責任だ。本当に済まない」

いつまでも頭を上げない壮一に、英知はどうしたらいいのかわからなかった。

「傷は、順調に回復しました。名刀の傷が残って、男を上げたくらいです」

困り果ててそう言った英知に、四郎と、四郎につられて壮一が噴き出す。

「すみません……つい……」

笑ったことを、さすがに四郎は慌てて謝った。

「伝家の宝刀は、地域の寺社に寄贈されたそうだ。あれは宮越さんの父親が戦死した時に陸軍少将だった親王から賜《たまわ》った国宝で、自分が死んだら寄贈すると言っていたんだが。時期が早まったな」

「国宝だったんですか……」

感心する四郎に、壮一がなお笑う。

「刀匠《とうしょう》の名前が入っているのは見ましたが、そこまでのものだとはわかりませんでした」

「殺されかけて、刀匠の名前を見ているようじゃたいした大物だな」

壮一が砕けたので、やっと英知は四郎と顔を見合わせて不揃いの椅子に腰を下ろした。

「破傷風の心配がないか確認しただけです」

「確かにあれは怖い」

破傷風のことを言って、壮一が三人分の麦茶をグラスに注ぐ。

驚いて、英知はその手元を見ていた。

生まれた時にはもう大人の男だった壮一を知っているが、己のためにさえ茶を注ぐのを英知は見たことがない。

「執行猶予《しっこうゆうよ》がついた宮越さんを迎えに行って、私が悪かったのだときちんと説明した」

「ご納得いただけるとはとても」

「宮越さんをよくわかってるな。何しろ国宝を持ち出すような人だ。本当に悪かった、英知」

もう一度謝って、壮一が二人に麦茶を渡した。

「殺されなくてよかった」

英知の目の前に座って、顔を見て壮一が長い息とともに言う。

「はい」

是《ぜ》と応えるのが、英知には精一杯だった。

「今、米はもう話にならないくらい安すぎる。農協と離れて、価格帯の高いブランド米を売るシステム作りを宮越さんに持ちかけた。農協に頼りたい人は頼る。生き残りを賭けたい者たちは、相互に助け合う。まあ」

結局そこからまた集団が生まれてしまうのを見てきていて、それでも新しい取り組みに壮一は意欲的だった。

「システム作りは若い人たちに託す。だが宮越さんにも声を掛け続けないとな。何をするかわからん」

困ったように言って、壮一が一口麦茶を飲む。

「国会でおまえとやり合ったのが最後になって、私はおまえのおかげで悔いのない政治家人生を終えられた」

不意に、グラスを置いて壮一は英知を見上げた。

「楽しかったし、幸福だった。そういう男に育って欲しかった。私は幸せだ。三人の息子のうちの二人が、代議士になった。しかも一人は対立野党だ」

本当に楽しそうに、壮一が語る。

そうしてふともう一人の息子のところに、気持ちが落ちたようだった。

「双葉が、一度帰ってきたよ。私が引退を決めた後に」

「……そう、ですか」

どう反応したらいいのかわからず、英知がようよう応える。

「私は双葉の書いたものは二度と読まないことにしていた。デビュー作以来」

「こんなにたくさん、本を読まれるのに」

「双葉の思想も、私は怖かった。大叔父がそれでここに閉じ込められて死んだと聞いて育ったからな。だが何より許せなかったことは、たった一つだった。おまえが離反したのでその理由がなくなった」

もしかして壮一にも知られているのかと、英知は息を止めた。

「おまえの人生をめちゃくちゃにした。何故《なぜ》おまえの名前を……」

思い返すとそのことだけは今も度し難いと、壮一が眉を寄せる。

初めて英知は、壮一が双葉の文壇デビューの時に殺してしまうと見まがうほど激怒した理由を、ちゃんと知った。

「めちゃくちゃには、なっていません。時折話題にはなるようですが、そんなに特殊な名前でもないので」

「そうだったようだな。ならよかった。おまえが自由党から出ることになったら、そうはいかなかっただろうが」

壮一のその懸念《けねん》は、行き過ぎではない。

競争するほど党員もいないリベラルな社会党とは真逆で、自由党は内外で激しい足の引っ張り合いが絶えない。アキレス腱《けん》を摑まれて、リークを恐れて発言を控える者は多かった。

「私のために坊ちゃまと長いこと……申し訳ありませんでした」

「もう坊ちゃまなんて風体《ふうてい》ではなかった。だが、そうだな。年長のおまえがあれだけ尽くしたのに何故と思って」

英知は父の死を、双葉に知らせなかった。

双葉の文壇デビュー以後、壮一は次男がこの家の敷居を跨《また》げば殺すと、事あるごとに憤《いきどお》りを露《あらわ》にした。

それが己のための怒りだと知らずに、英知は喪主として父の葬儀を済ませた。

「それで、雑誌を取り寄せて読んで……一緒にきた青年が。まあその話はいい」

金髪の青年とのパートナー関係を、壮一は見てしまったようだった。だがそれこそ壮一は保守の中で生き抜いた人だ。次男の性的指向について考えることはあきらめたのだろう。

「短い双葉の小説を読んで、一度だけ宮沢賢治《みやざわけんじ》を読んでやったことを思い出した。随分子どもの頃だ。続きを読んでやるのを忘れていた。何十年も」

取り戻せない親子の時を、壮一が惜しむ。

「また、お会いになられてはいかがですか。自分はこうして、社会党で身を立てています」

「昼行灯《ひるあんどん》と呼ばれているのは知ってるぞ」

滅多に見せない、揶揄《からか》うような顔を壮一がするので、四郎がまた噴き出した。

「先生はまだ一期目ですから。今は請願者たちと熱心に面談を繰り返されています」

ちらと英知を見て、遠慮がちに四郎が口を挟む。

「そうだな。一期目か」

遠く、自分のその日を思うように壮一は沈黙した。

けれど何も思い出せないと、そんな風に首を振る。

「……惜しむらくは、総理大臣になって欲しかったが。まあ、野党もいいだろう。時が経《た》ったらそう思えた。しっかり働け。この国のために。私に、決して謝るな」

「今まで」

謝るなという壮一の言いつけに、忠実であろうと英知は願った。

「ありがとうございました。これからは国政に尽くします。先生から学んだことを忘れずに」

偽りではない言葉を、真摯《しんし》に壮一に向ける。

「私の政治など、すっかり忘れてしまえ。古くて錆《さび》付いてもう使い物にならないのに、無理やり走り続けていたと」

おまえたちを見て知ったと、壮一は小さく言った。

「秘書から代議士になる例は少なくない。おまえの父親もそうだった。そういうおまえを扱って、誰が一番やりにくいかわかるか。英知」

懐かしい、息子にものを教える言葉を、英知が首を振って聴く。

「秘書だ。おまえもいっぱしの政治家になったなら、秘書を信頼して大まかなことは任せて。大事な時に間違いのない舵《かじ》をきれ」

本当は、社会党のやり方は違った。最初英知は自分が託されてきたように四郎にすべてを委《ゆだ》ねていたが、自分で考えて判断し、そして選び取ることを求められていると今は知っている。

だがそのことは英知も、四郎も言葉にしなかった。

「私は何処《どこ》かで舵の切り方を間違えた」

弱くならない声で、壮一は言った。

「最初に目指していた航路からは逸《そ》れた。それは私の責任だ。何か大事な導《しるべ》を見落としたんだ。振り返るには遠すぎて、それがいつなのかも思い出せない。すまないな」

最後の謝罪は、英知に掛けられたものではないような気がした。

宮越《みやこし》だけではない。壮一を信じて国政を預けてきた多くの者。もしかしたら批判した者にも、壮一は今謝罪したのかもしれない。

「藤原くん、厄介だろうが英知を頼む。やっと」

不意に、壮一は四郎を見た。

「表舞台に立ったんだ。支えてやってください」

丁寧に言って、壮一が頭を下げる。

「必ず、お言葉に応えます」

やめてくださいという聞きなれた定型の言葉を、四郎は使わなかった。

「私のことまで気にしてくださって、本当にありがとうございます。党は必ず、白州先生と支え合っていきます。信頼してください」

しっかりした四郎の言葉を、羨望《せんぼう》とともに壮一が見つめる。

「時が流れていることに、最近気づいた。双葉ともそんな話をしたな」

目の前を流れていく清い水を見るように、壮一は目を細めた。


置き石を踏んで、来た道を英知は四郎と並んで歩いた。

「……英知」

細い声を聴いて、すぐに振り返る。

着物姿の竹中が、門の近くに立っていた。

「竹中さん」

愛した人の母で、英知にとっても母である人だ。会わずに一年も経《た》っていないのに、彼女が年を取ったのが切ない。

「辛《つら》い思いをさせてしまって、申し訳ありませんでした」

自分のせいだと、英知は頭を下げた。

「私は、政治のことも何もわからない。英知や坊ちゃまが生まれる前に、暴力を振るう亭主から逃げて。旦那様に助けられて今まで生きてきた。だから」

混乱を、竹中はまだおさめられていない。何が起こったのか、どうして英知が壮一を裏切ったのか。それはただ竹中の胸を痛ませ続けているだけだ。

「あんたのこと少しも助けられなくて、ごめんね。英知」

顔を覆って、竹中は泣いた。

隠し通していたと、英知は思い込んでいた。父に殺されていたことを。

けれど壮太も見ていて竹中と同じ言葉をくれた。ましてや自分を母のように育ててくれた竹中に、隠せたはずがない。

転んだと嘘を吐《つ》いて手当てをしてもらったことも、幾度もあった。

「何言ってるんですか……誰にも止められませんでしたよ」

「だけど私は大人で、あんたは子どもだった。どうして白州さんはあんな……」

何故父が息子を殺そうとしたのか、理由は竹中にはまるでわからなかったようだった。

竹中自身が、夫の暴力を受けていた。

殴る人に何故《なぜ》と考えることの無意味さを、誰よりも痛感していたのかもしれない。

「立派にお葬式を出して、偉かったよ」

「竹中さん。私は」

思えば竹中は神代家の家政婦でありながら、英知の父とは不自然に距離があったことを思い出した。

「この家で生まれ育って、間違いなく幸せでした」

きっと、暴力を振るう父を知って、恐ろしかったのだろう。

「あなたを母と思って」

「何も、してやれなかったのに」

「そんなことはありません。それに、父は、父なので。逝《い》ってしまったら悲しいだけです」

また竹中に会いたいと英知は思ったけれど、理由なくここにくることはきっともう叶《かな》わない。

「どうか、お元気でいてください」

もしかしたらこれが最後になるかもしれないと知って、英知は竹中を見つめた。

泣いて、竹中は声が出ない。

何も言わず四郎が、深く頭を下げた。

竹中が明けてくれた門から、外へ、敷居を跨《また》ぐ。

「英知！」

振り絞った竹中の声が、英知の背に届いた。

「何か困ったら必ず連絡しなさい。私がいなければ先生を頼るんだよ。必ず」

そうすれば壮一が助けてくれる。母と思った人は、英知を心から案じてくれている。

「はい、必ず」

嘘を、英知は吐いた。

竹中が知ることのないその嘘は、英知から母への唯一の孝行だった。

この家にはもう、暗い雲はかかっていない。

それでも英知は生まれ育った場所と、永久に別れた。


横須賀《よこすか》駅への道を、英知と四郎は無言で辿った。

東京と同じ蜩《ひぐらし》がきちんと夕方に鳴いて、夏が終わっていくのを一足ごとに感じた。

「嘘は、僕も母に吐くことがあります。母を安心させるために」

竹中に「はい」と言った英知に、改札を潜ってぽつりと四郎は言った。

「そのせいか。同じ家で同じ時を過ごしたのに、一人一人見えているものや感じていたことがこんなにも違っているのは」

壮一が、あれほど双葉に激高していたのは自分のためだと、英知は今日初めて知らされた。

帰ってきたら必ず殺すと、双葉のデビュー作を床に叩きつけた時の怖さを、英知はずっと忘れられずにいた。

父は息子を殺し得る。父には息子を殺せる。

そう思い込んでいたのは、自分と父とのことがあったからだ。

忙しく日本中を、時には世界を駆けていた壮一には、傅《かしず》く第一秘書の抱える不安がまるで見えていなかった。

「先生のお父様は、芯から神代先生に尽くしたのでしょう」

同じことを考えていたのか、四郎が明快な理由を想像する。

「ああ、そうだった。自分の息子が、大切なご次男にもし何かしたらと。父は父で怖かっただろうし、死ぬ気で隠し通しただろう。すべてを」

壮一だけが暗い雲を見なかったのは、壮一が忙しかったせいだけではない。

英知の父が、必死に隠し通した。暗い、黒い雲があの家にかかるのを。

「それでも父なので、死んだときは悲しかった。……理不尽なものだな」

喪主として一人で大勢に挨拶《あいさつ》をして、その晩のことを竹中は偉かったと褒めてくれた。

「そういうものだとも、思います」

四郎にしては曖昧《あいまい》な言葉が渡される。

今はもう、いない人の話だ。

青いラインの入った東京行の列車は、すぐにやってきた。

「どこかに寄りたいとおっしゃっていませんでしたか?」

近づいてくる列車の音に声が重なったが、明瞭に四郎が尋ねる。

「ああ、そうだった」

長い息を、英知は吐き出した。短い時間に、育った家を別れてきた。考えたこともない、きちんとした別れだった。

「隣駅で、降りたい」

横須賀、とアナウンスが響いて列車がホームに入る。

「あの人を……双葉を殺そうとした駅だ」

列車に乗り込みながら、小さく英知は言った。本当は歩くつもりだったのに、壮一と竹中との別れに、心が囚われていた。

「こんな季節だった。二十年前だ。それ以来一度も近づいていない」

殺そうとしたけれど殺していないと、はっきりと英知に教えてくれたのは四郎だった。

「それは、おつきあいしますが」

自分を人殺しだとさえ追い詰めた場所に行ってみたい気持ちを、四郎は理解してくれる。元より英知には、何故行ってみたいのかきちんと説明できない。

「……大丈夫ですか？」

扉が閉じた車内で、僅《わず》かに不安を覗かせて四郎は言った。

「わからないよ」

正直な心のまま、英知が答える。

二十年前の夏の日は、屋敷から隣駅まで歩いて行った。

「利用者が少ないそうで、始発は無人駅になるような駅だった」

三分ほどで、その田浦《たうら》駅に近づく。トンネルを通るので、ホームに入るまで駅は見えない。

「そんなに、変わってなさそうです」

二十年も経つのにと、前後の車両の一部がトンネルに入ったままになる古びたホームに、四郎は先に降りた。

「変わっていないのかどうか。隣駅でと待ち合わせをしたが、この駅を使ったことは一度もないんだ」

駅舎はホームの上にあって、その朝英知はなんとか階段を降りた。

人気のないホームのベンチに、確かに双葉がいた。始発は無人だ。自分より少し体の小さい双葉を抱えて線路に飛び込むのは容易《たやす》い。

踏み出せば、できる。

なのに身じろぎもできずに立ち尽くしていたら、六時すぎには駅に職員がやってきた。

田浦駅のホームは、トンネルに挟まれているので短い。夕方のホームにはあの夏の朝よりは、いくらか列車を待つ人がいた。

「先生」

ぼんやりとホームを歩いた英知を、四郎が呼び止める。

呼び掛けたきり何も言えないでいる四郎の視線の先に、古びたベンチがあった。記憶と今を混同しているのかと、目を疑う。そのベンチには、白い麻のジャケットを着た双葉が座っていた。

傍らには、オペラシティや雑誌の写真と違って黒いTシャツを着た金髪の青年が、並んで座っている。

不自然に立ち尽くして見ている上背《うわぜい》のあるスーツの男に、青年が先に気づいて反射でベンチを立った。

立ち上がった青年の視線の先を見て、双葉が息を呑んでいる。

誰も何も声を発せず、沈黙するには長い時が流れた。

「もう一度、ちゃんと話してみてはいかがですか」

強張《こわば》った四郎が、止まった時を流す。

「あなたはあの人に、何も打ち明けていないに等しいです」

四郎は留まらない。なかったことにしない。皆が見ないふりをするものも、そこにあると教えてくれる。

「君は、それでいいのか？」

「わからないです。でも、このままではあなたがよくないように、思うので」

尋ねた英知に、四郎は静かだった。

「打ち明けてないって……」

弱い声を聞かせたのは、黒いTシャツの青年、伊集院宙人《いじゅういんそらと》だった。双葉の恋人で、この青年が今まで双葉には持ちえなかったものを渡していると、英知はもう知っている。

「彼だよ」

「光のような青年……？」

写真の正装の宙人しか見ていない四郎が、語尾に疑問符をつけていた。

写真と同じ人物には見えない。

「お父上に会ってきました」

列車から降りてきた理由を、固まっている双葉に英知が短く告げる。

「……怪我を、したと新聞で」

「それで先生が謝罪したいとおっしゃってくださって、訪ねました」

目を瞠《みは》っている双葉とは真逆に、自分が落ちついていることに英知は驚いていた。

「第一秘書の、藤原四郎くんです」

「はじめまして。藤原です」

何か四郎も強い緊張を纏《まと》って、声を強張らせている。

「何を打ち明ける」

自分にはわからないと、英知は四郎に訊いた。

「……お二人は、何故《なぜ》ここに？」

英知には答えられず、四郎は控え目に双葉と宙人に尋ねる。

「双葉さんが」

信じているのだろうに、また英知に連れて行かれるのかもしれないと瞳に不安を湛《たた》えた宙人が、それでもなんとか口を開いた。

「時々、胸がいっぱいになっちゃうんだ。だから、そういうときなんとなくここにくるようになった」

「それは……」

宙人の言葉に四郎は、双葉には今も英知に思いがあるのではないかと、そんな声をもらした。

「違う」

どんな風に宙人が双葉の手を引いていったのかよく覚えている英知が、苦笑する。

「あまりに長い時間だった。俺だって胸が詰まる朝はある」

たとえそれが恋でも恋ではなくても、溢れて止まらない日がまだ訪れるのは当たり前だと、英知も知っていた。

「心配しないでください。伊集院宙人さん。私は」

外向きの言葉がもう嘘に思えて、英知が息を逃がす。

「あの日以来、初めてこの駅にきた。一人ではとても無理だった。四郎くんがいたから、一緒に来てもらったんだ」

見渡すと、見ている角度が違っても田浦駅は二十年前の記憶とそれほど変わらないように英知には映った。

「双葉さんを、見ていた日ですか？」

オペラシティで、この駅までは来たと英知は双葉と宙人に言った。

――一緒に家を捨てて、幸せにできる自信がなかったから。ただ、見ていた。触れもせずに。

それも本当だ。嘘ではない。

「あの朝俺は、双葉を殺すつもりだった」

「先生！」

打ち明けていないと言ったのはそのことではないと、四郎が必死に英知の腕を摑んだ。

「一番列車がきたら、双葉を抱いて飛び込もうと決めてこの駅にきた。二人でどこかに逃げても、生きていけないと思い込んで」

強張っていた双葉の瞳が、不思議なほど穏やかに凪《な》ぐ。

「もしあの日お兄ちゃんがそうしてくれたなら、僕は幸せに一緒に死んだよ」

その頃自分が抱えていた気持ちを、鮮明に覚えていると双葉は言った。

「親にも、家にも、社会にも。打ち勝てると信じられたことは、一度もなかった。お兄ちゃんを愛した頃」

何が離れたとしても、英知と双葉の希望のなさだけは、きれいにトレースしたように重なっていた。

お互いに愛した日々のすべてが、ひたすらに希望のなさとともにあった。

「生きてくれて、ありがとう」

宙人の声が、震える。

「ありがとう……」

「君は、すぐに泣く」

零《こぼ》れ落ちた宙人の涙に、双葉が息を吐いた。

「あの朝なら幸せに、お兄ちゃんと死んだ。それは絶対に間違いないけど」

宙人の涙を見つめて、双葉が英知を振り返る。

「二十年が経《た》ったね」

「ああ。二十年生きた」

英知は動けず、双葉は希望の中にそれでも身をゆだねて、互いに息をしていた。

そうしたら二十年が経った。

「僕も、お礼を言ってもいいですか」

細い四郎の声が、木々を攫《さら》う風よりやわらかく英知に触れる。

「ありがとうございます」

何にとは言わず、四郎は呟いた。

「白州さんのいい人?」

不意に、宙人が不躾《ぶしつけ》に尋ねる。

「あの……」

答えに詰まって、四郎は口ごもった。

「失礼だよ。初めて会った方に」

苦笑して双葉が、宙人を嗜《たしな》める。

「だって、その方がいいから。やっぱ勝てる気しないし。めちゃくちゃかっこいいんだもん。白州さん、あの白い薔薇《ばら》の名前教えてください」

涙を拭って、不意に宙人が今年の双葉の誕生日の話をする。

「いや……」

出馬の準備に追われていた英知は、午前零時に双葉の家に行った。

「俺は、あの頃我を失っていて」

「あの無理な会見をした頃の話ですか?」

「白州さん、すごいきれいな薔薇の花束持って誕生日になった途端双葉さんのとこにきたの。俺真似しようと思って写真撮ったんだよ。超きれい」

デニムのポケットから携帯を出して、宙人が写真のフォルダを開ける。

「ちょっと待ってくれないか……」

「うわ……真珠のような白い薔薇の花束を持って……あなたは午前零時にこの方を訪ねて行ったんですか……」

宙人がデータを残している大仰な薔薇を見て、久しぶりに見せる冷酷無比なまなざしを四郎は英知に向けた。

「めちゃくちゃかっこよかった」

「最悪ですよ、そんなの」

「そんなことないよ！」

写真を巡って、初めて会ったはずの四郎と宙人は、あれこれと言い合いを始めた。

不思議な光景にくすりと笑って、英知がベンチに歩み寄る。

「座ってもいいか？」

尋ねると、双葉は小さく頷いた。

思えば四郎と宙人は年齢が近いのか、話は変に噛み合って四郎は英知を悪く言っている。何故なのか宙人は、英知を庇ってくれていた。

「こんなつもりじゃなかった」

四郎と宙人が普通に言い合っているのを見て、英知は苦笑した。

「俺の大切な長い長いたった一つの愛は、ガラス瓶の中に閉じ込めて、永遠に胸に抱いているつもりだった。誰にも教えずに、墓まで持っていこうと思っていた」

「僕も、同じだよ」

惑《まど》わず答えた双葉を、驚いて英知が振り返る。

「お兄ちゃんのことは僕の一部だから、持っていてって彼が。だから今日も、ここに」

白い薔薇を双葉そのものだと四郎に言っている宙人を指して、双葉は可笑《おか》しそうに笑った。

二十年も経っているのに、それでも英知にはあの朝と同じに双葉が見える。

何も知らない。世界を見ず社会と交わらず、歩き出すこともまだ始めていない稚《いとけな》い人。

「双葉」

愛情で英知はその人を終わらせようと、本気で思った。

「今、壊そう」

お互いが抱いてきれいに瓶に詰めてしまった過去は、捨ててしまった方がいい。

「どうして……?」

四月にオペラシティで別れてから、英知が誰と出会ってどんな道を歩いたのか双葉は知らない。

「あの暗がりを、俺は出るよ」

頷いて、幸いそうに双葉は英知の言葉に微笑《ほほえ》んだ。

「きれいだったことにするのは、よそう」

黒い澱《おり》、暗い雲、息子を殺すかもしれない父の棲む家。

身を縮めて息も吐けなかった日々を、美しいと言うのはよそう。

「たまたま、俺たちは今息をしてる」

呼吸をして、互いの生を誰かと手を携《たずさ》えて歩いていく。

「泥の中を泳いだんだ。必死で」

息を継ぐたびに、広がる胸を英知は覚えた。

「僕は今、光の降る庭にいる」

自分のことを、双葉が教えてくれる。

「光がさしたら、ずっと暗闇に蹲《うずくま》っていたことがわかった」

それでも確かにお互いの間に愛情があったことだけは、二人ともが疑わない。

別々の人生が訪れることを知らずに、手を取り合っていた。

「党に用意された公設秘書だが、俺は彼が好きだ」

立ち尽くしている四郎を見上げて、英知が笑う。

驚いてから、幸いそうに双葉も四郎を見つめた。

「僕も、先生がとても好きです。だけど」

だけどと、四郎らしくない弱さが覗く。

こうして並んでいれば、四郎も宙人も別の可能性を考えてしまうのは英知にもよくわかった。

一対でできた片割れのように、長い時を傍らに過ごした人だ。

「俺たちは健《すこ》やかな時を知らない。少しもだ」

「そういう、巡り合わせだったね」

離れたのに、今は同じ穏やかさを、英知と双葉はそれぞれに持っていた。

次の東京行が入ってくるアナウンスが聴こえた。双葉が住む鎌倉《かまくら》は三駅先だ。

「よかったら、この列車に先に乗ってくれないか。俺たちは次の列車で東京に帰るよ。このホームから、見送りたい」

「わかった」

少し、ぎこちなく双葉は答えた。

幼い頃話した言葉。愛し合っていた頃に交わした言葉。約束を守れずに、やわらかさを失っていった言葉。そして今の英知と双葉。

もう、どの地点が自分たちの「いつも」だったのかも、二人ともがわからない。

「会えてよかった。双葉」

「僕も」

列車が入ってくる。

「お兄ちゃん。僕らは」

轟音に一瞬、声がかき消された。

「幸せに死ななくて、よかったよね」

閉まるドアの向こうで、双葉が確かめるように問う。

「よかった」

ドアが完全にしまったけれど、思いは重なった。そしてまた離れて、二度と心は出会うことはない。

空いたベンチに、四郎が座った。

次の列車は、そう待たなくともやってくる。

「素敵な人でした」

遠ざかる列車の方を見て、四郎は言った。

「僕は誕生日の午前零時に、白い薔薇の花束を持って現れるような男はまっぴらごめんです」

「そうだろうな……」

冷酷に言われて、陽炎《かげろう》の消えた線路を英知が見る。

「あなたとあの方はとてもお似合いです。だからそういう映画みたいなことをやらかしてしまうんですよ」

「そうかもしれないな」

言われればそれはもっともと、英知にも思えた。

「あなたには、僕がいいです」

英知の目を見て、四郎が静かに告げる。

「僕はそう思います」

「俺も、そう思う」

ホームに人がいるのに、英知は四郎の頰に触れてしまった。

何も考えることができず唇を重ねようとして、胸を四郎に押し返される。

「そういうところ、直してください」

「……尋ねてから、か？」

「それもですし」

行き場がなくなった英知の手に、そっと四郎は手を重ねた。

「僕は、異動します。支部の立ち上げに行かせてください。先生」

不意に、秘書の立場に戻って四郎が願い出る。

「一年程だと言われています。一度、物理的にあなたと離れたいんです」

「まだ、幼子《おさなご》だからか」

「自分の手を伸ばして助けた人と、恋をするのは僕には罪悪です。今僕は確かにあなたを愛していますが」

健やかだと、英知は四郎を見つめた。

「このまま一緒にいたら、ずっとそのことは胸に残る気がします」

自分には与えられなかった健やかさは、持ちえないものだと英知は誤解していた。

「それは、俺が嫌だ」

「知ってます。僕はあなたを知ってるんです」

与えられる。

「あなたとずっと一緒にいたい。僕は」

存在することも知らなかったので、欲したことのない心が。

「だったらその罪悪感は、置いてきてくれ」

自分を罪人だと咎《とが》め続けない、健やかな愛が。

「待つよ」

四郎が向かっている方角を辿る分岐点は、自分はとうに通り過ぎたと思ったことを、英知は思い出した。

あれはいつだっただろう。

「あ、画像データ」

次の列車のアナウンスは、まだ聴こえない。

「もう消したよ」

苦笑して、英知は肩を竦《すく》めた。

「いつの間に。消したなら教えてくださいよ」

「そうだった。君は」

二度と戻れない分岐点など、ないのかもしれない。

「なかったことにしない人間だ」

「そうです」

可笑《おか》しくなって、二人で笑った。

澱に絡めとられていた頃と、まるで違う世界に立っている。

時は流れ、世界は遷《うつ》ろう。

昨日は殺された愛が、今日は美しいと言われる。

歪んだ硝子瓶の中に、初めて愛した人を閉じ込めなくてよかった。

「君に会えてよかった」

僕もですと四郎が答えることを、英知はもう知っていた。

太陽はいっぱいなんかじゃない。たった一つのものだ。

たった一つだと思っていた愛が、唯一だった人が、過去に、癒《い》えていく。

癒えることを幸いだと言ってくれる人と、英知は今、明日を待っている。

年度末を待たず、冬になる前に四郎《しろう》は秘書業務を羽田《はねだ》に引き継いで異動した。

まさかそこから二年間全く会えないことになるとは、英知《えいち》も四郎も、誰も想像しない世界が突然やってきた。

青山《あおやま》の議員宿舎のドアを開けた白いマスクの英知を、同じく白いマスクをした四郎が掌《てのひら》で留める。

「あっちだ」

小声で示すと、四郎は「覚えてますよ」と小さく言った。

まっすぐ洗面所に行って石鹼で手を洗い、そのまま四郎は予告していた通りシャワーを使った。

九月の臨時国会が終わって、それでも議員会館に毎日詰めている英知は、夕方帰宅して先にシャワーを使っていた。

二週間前に、二回目のワクチンを英知も四郎も打ち終えた。

政治に関わる英知や四郎だが、リスクが低い健康状態なので急がず順番を待ったら九月には二回目が打てた。

英知と四郎が二年ぶりに会ってまずお互いシャワーを浴びているのは、恋のためではない。

「未だ何が万全なのかは不明だが、やれることは全部やるしかない」

今朝きれいに片付けた和室に二組の寝具を置いて、英知は見慣れた夜景を眺めて四郎を待った。

今更焦らない。再会を二年待つことになるとは思いもしなかったけれど、去年はお互い政治や行政でろくに眠る時間もなかった。

四郎が異動したのは東北の山間部で、理由のない都市への移動はしばらくはとても無理だった。二度目の真夏がきて東京ではオリンピックが行われることになり、会える日は来ないと思った頃にワクチン接種が始まった。

「ウェブ通話でお会いしていたので、そんなに久しぶりだという気がしないいんじゃないかと思っていました」

いつからそこにいたのか、シャワーを終えた四郎がスウェット姿でキッチンの端に立っている。

「俺もそう思っていた」

「逆にマスクが新鮮です。あなたマスク似合いますね」

「検査は陰性だった。外してもいいか?」

「ご報告した通り、僕も陰性でした」

シャワーを終えて距離を取っている四郎は、マスクをしていなかった。

「だが検査も万全じゃない。できる限りのことはしているが」

「できる限りのことをするしかないです。そっちに行っても、いいですか?」

四郎が尋ねたのは、去年から新しい疫病《えきびょう》が世界中で大流行しているからだ。

「なんのために自主隔離込みでひと月空《あ》けて帰ってきた」

一年の予定だった四郎は、もうしばらく支部を離れられない。状況が一変して、次々と変わる制度と助成に地域を繋いでいる。

やっとワクチンが始まって、それで移動を二人は決めた。

「映像ではないあなたに会うためです。こんな理由で休むなんて、申し訳なくも思いますが」

「そうだな」

思い合って、二年全く会えなかった当事者である英知と四郎は、国政や行政に携《たずさ》わる者だ。渦中に会いたい人に会うのは、今はただ申し訳なかった。

「それでも地域の方が、会いたい人がいるなら今のうちに会ってきなさいと言ってくれました。今やっと少し落ちついたし、いつ何が起こってまた会えなくなるかわからないからと」

「移住者たちが？」

若いクリエイターたちは、性的指向も様々だと英知は聞いていた。

「地域の老人です。幼い頃に戦争で、お父様と妹さんを亡くされたそうです。震災が自分が見る最後の地獄だと思ったのにと、何故《なぜ》だか笑っておっしゃってました」

そっと、四郎は英知の隣に腰を下ろした。

「いつか、その気持ちがわかる日が俺たちにもくるのかな。今はまだ、笑って話せる想像がつかない」

「僕も同じですが、その方が笑ったのはなんだか理解できました。笑うしかないのかもしれません。二度と会えなくなったらどうするんだって言ってくださって」

「やっと、会えた」

四郎の横顔を、英知は見つめた。

「外したくないならいいですが」

「いや」

習慣になっているので忘れていたマスクを、耳に指をかけて英知が取る。

「たまに議員会館からビデオ通話するときも、あなたはマスクをしていましたね。似合うもので、距離があると考えもしなかったことを考える自分に驚きましたよ」

本当に久しぶりにお互いの顔を間近で見て、四郎はため息を吐《つ》いた。

「どんなことを考えた」

「マスク姿のあなたに絆《ほだ》されて、誰か現れたらどうしようとか」

「馬鹿な」

「素敵ですから。多少は考えました」

言葉ほどにもきっと、四郎はそんなことは疑っていない。

「俺は君を信じて待っていたのに。ひどいな」

「少しも心配しませんでしたか」

「待つので精一杯だった。ただ、会える日を待っていたよ」

「僕は……あなたをちゃんと、知っています」

信頼して自分を待っていたという英知をわかっていたと、四郎は笑った。

「離れて、どうだった」

「二年あったらもう本当に充分ですね！」

いくらかは緊張をもって英知は尋ねたのに、四郎がたくさんだと両手を挙げる。

「君は……」

可笑《おか》しくなって、英知は噴き出した。

「こんなことになるなんてと驚きましたが、離れたことを後悔はしていません」

向き合って、四郎が英知の瞳を覗く。

「あなたは、ご自分で立っている大人の男性です」

お互いに自立した二年を物理的に過ごしたことは、大きかったし必要だった。

二年が経《た》って、それは英知にもよくわかった。

「認めてもらえて何よりだ。触っても、いいか？」

それでもきちんと、英知は四郎に訊いた。

「……はい」

指を、二年前の夏のホームのように、四郎の頬に伸ばす。

お互いに、人に触れること自体がほとんどない日々を過ごしている。触れ合った途端熱を持つのは、反射なのかもしれない。

「抱きしめても」

「はい」

最後まで待たずに、四郎が言った。

ゆっくりと、英知は四郎を抱いた。初めて四郎を抱きしめた。時間が掛かったけれど、待ったことに何も悔いはない。

互いの肌を求めて深く抱き合うと、致し方ない情動が湧いた。けれど英知はおさめ方を知っている。

自分から英知は、四郎を放した。

問うように四郎が、英知を見上げる。

「充分だよ」

頬を、英知は撫でた。

「ちょっと待ってください」

は？　と言わないのが不思議なほど、四郎の声が尖《とが》る。

「すみません。僕はよくないんですが。なんのために様々な苦難を乗り越えてあなたに会いにきたと思ってるんですか？」

「会えて、俺は嬉しいよ。初めて君を抱きしめた」

「伺ってもいいでしょうか。先生は、性的なご経験は」

よもや童貞なのかと尋ねられたと知って、英知は眉間を押さえた。

「経験はあるが、いいよ」

「可能なら、いいと思われる理由をお聞かせいただけませんか」

「なんだか……昨日も会ったように四郎くんだな……」

その四郎は会いたかった方の四郎ではないと、英知がため息吐く。

「幼い頃の情動の話を、した。君に」

「……はい。ちゃんと覚えています」

「おさめ方は、俺は自分で覚えた。それでも機会があって女性と行為に及んだことはあるが、いい思い出はない」

何か恥じて隠すことは四郎相手には無意味で、英知はきちんと自分の経験を打ち明けた。

黙り込んで、四郎が膝を抱える。

「どうした」

「あなたが嫌なら強要することはできません」

小さく言って、四郎は俯いた。

情動のおさめ方を、英知は知っている。いつでも、どんな状況でもおさめられる。

だがきっと四郎は違う。

触れ合った指が熱を抱いたのに耐えてくれたのも、この宿舎だった。

「蜩《ひぐらし》の声を聴いたり、鳥の囀《さえず》りを聴いたりする」

「今は車の音しか聴こえません」

「そしたら車の音を聴く。殺されている時も、殺されるようなことをしている時も、自分は今ただその音を聴いていると思う」

そういう習慣が身について、英知は自分の欲望を正視したことがない。

何を語られたのか、四郎には伝わったようだった。

「よしましょう。僕がいけませんでした」

もう一度頬に触れた英知に、四郎が首を振る。

「君となら俺は」

唇を、唇に近づけて、尋ねるのを忘れたと気づいた。

「君の声だけを聴いていられる気がする。くちづけてもいいか？」

真意を知るために、四郎は英知を見ている。

「あなたが、いやじゃないなら」

苦笑して、英知は四郎にくちづけた。

正直、触れてみるまでわからない怖さはあった。穢《けが》れだと教えられた性的なことのすべてを、心の底で忌避《きひ》してきた。

唇を合わせていると、四郎が息を上げた。濡れた唇をそっと、英知は噛んでみた。舌が触れて、腹の底が熱くなる。

言葉はなく、抱き合ってくちづけを深めた。互いに纏《まと》っている形ばかりの部屋着を脱いで、肌が触れ合う。

並べて置いてあった敷布の一つを、英知が引いた。

「あの」

掠《かす》れた声を、四郎が聴かせる。

「いやか？」

四郎が嫌なら、どれだけ高まってもやめようと英知は思った。

「そうじゃなくて」

説明せず、四郎が脱ぎ捨てたスウェットを引き寄せる。そのポケットから、コンドームを出して英知に渡した。

「用意がなくてすまなかった」

「本当に並んで眠る気だったんですね……」

謝った英知に、四郎が俯く。

髪を撫でて、額に英知はくちづけた。頬に、うなじに唇を辿らせて、引いた敷布の上に倒れ込む。

「俺は下手《へた》だ」

言っておくべきだと思い、英知は真顔で四郎に告げた。

一瞬驚いた顔をして、四郎が噴き出す。

「その顔が見たかったよ。ずっと」

「ふざけたんですか？」

「いや」

いい思い出がないと打ち明けたのは、本当だった。

英知自身セックスに悦《よろこ》びを見出せなかったし、寝床をともにした相手も満ち足りたようには見えなかった。

「嫌なことがあったら、言ってくれ。してほしいことも」

けれど四郎に触れたら、触れたかったと肌が教えている。

「したいことなら、あります」

濡れたまなざしと、以前と何も変わらないように見えるまなざしとの両方で、四郎は英知を見つめた。

「……なんだ？」

やはり自分が多少怖気《おじけ》づいていることに耳に返った声で知って、英知は情けなくなった。

「触れて、いいですか？」

指が伸ばされた先に、己の脇腹があると気づく。

「傷、治りましたか」

「たまに引き攣《つ》れるが、完全に治った。見たいのか？」

いいよと、英知は小さく言った。

「ウェブ通話だと胸から上ぐらいしか見えないので」

四郎の指先が、英知の腹に触る。

「ずっと、気に掛かっていました」

きれいに斬られたのできれいに修復された傷は、それでもあきらかな線となって僅《わず》かに浮いていた。

「国宝の傷だ」

「あなた実は似合いません。国宝」

「酷《ひど》いな」

笑った英知に四郎も笑って、指で確かめていた傷跡に唇が触れる。

「……っ……」

声が漏れたのは英知だった。

濡れた四郎の唇が、丁寧に傷跡を撫でていく。

「そんなに、気になったか？」

腹の底から熱が上がるようで、気を散らそうとして英知は尋ねた。

「目の前で見ていましたから。よかった。きれいになってる」

性的な意図がないとさえ思える四郎の言葉に、高まる自分をどうしても習い性で英知が恥じる。

「傷は気になっていましたが、今はあなたの体を求めました」

そのすべてを見て、四郎は違うと教えてくれた。

勘違いでもなく、恥じることでもない。

愛しているし、健《すこ》やかなことなのだと。

「僕はもう、あなたが欲しいです」

耳元で、熱い吐息を持って四郎が英知に告げる。

「だけど」

男と寝たことのない英知は、四郎に怪我をさせるのを恐れた。

「シャワーを浴びた時にちゃんと、準備しました」

「どうやって？」

「初めて人を殴りたいと僕は今思っています……っ」

相当腹が立ったらしいが、四郎は絶対に英知を殴らない。

「君の言う準備を、信頼していいか」

「もう、きてください。つけ方わかりますか？」

「そこまで馬鹿にしなくてもいい」

ふざけながら、それでも英知は息が上がった。

笑って、朗《ほが》らかに、言いたいことを互いに隠さずに抱き合えることを今、四郎に教えられている。

見覚えのない、男性用と思《おぼ》しきコンドームを英知は自分でつけた。

足に触れて、四郎の膝にくちづける。

「そういうのもういいですから！」

いい加減にしろと四郎は怒った。

「したかったんだ」

「後にしてください。僕はずっとあなたを待ってる」

乞われて、指に導かれた場所に、英知は張っている熱を押し当てた。

恐る恐る四郎の中に入っていくと、それを辛《つら》く思ったのか四郎が腰を蠢《うごめ》かせる。自然なことのように四郎の中に、英知は入り込んだ。

「……っ……」

呻《うめ》いたのは英知の方だった。

求めた人の震える熱い肉に絡まれて、おさめることは無理でそのまま達してしまう。

さすがに情けなくて、英知は顔を上げられなかった。

その額に四郎がそっと触れる。

「いや……、でしたか?」

尋ねる四郎の声が、ひどく濡れていた。

「驚いた。とても」

その先は言えなくて、英知が四郎にくちづける。

「僕も今、いったんですよ。あなたが入ってきただけで」

肉が震えた理由を、四郎は教えた。

「あなたがいやじゃなかったなら、嬉しいです」

掠れる四郎の声を聴いて、時を置かず英知には覚えのない高ぶりがまた込み上げる。

「ん……っ」

中を圧迫する熱に、四郎の肌が揺れた。

「すまん。いったん……」

「お願いです。このまま」

やめようかと訊こうとした英知に、四郎が懇願《こんがん》する。

「あなたが嫌なら、しかたないけど。僕は……っ、……っ……」

どれだけ四郎に気遣《きづか》わせているのかすまないと、頭の隅で思うのが精一杯で英知は愛だけで人を抱いた。

「……っ……、……っ」

唇を噛み締めて声を堪《こら》えて、四郎が教えてくれたから彼が繰り返し達しているのが英知にもわかる。

ずっと四郎の声を聴いて、四郎を見つめていたい。

それでも決して加減を忘れずに深く抱き合うと、もうどちらの声ともわからない「愛している」が聴こえた。


状況が落ちついているので、翌日四郎《しろう》は議員会館で、英知《えいち》とともに深山《みやま》と宇野《うの》に再会するスケジュールになっていた。

久しぶりの事務室で、ソファから四郎は窓の外の官邸を見ている。

そんなものでも懐かしいのかと、お互い見慣れない白いマスクで英知は四郎を見つめていた。

深山と宇野は、高校三年生になった。二年生になってクラス替えが行われてもクラスメイトに会うことは叶《かな》わず、リモート授業が続いた。

誰のせいでもないけれどと言って、憤《いきどお》りはしない代わりに二人は憔悴《しょうすい》を深めた。

「デジタルシェルター、実現させたいですね」

眠ったのが夜明け近かったので、移動もあった四郎は少しだるそうだけれど声には張りがある。

「実現したら、この禍《か》の功罪の功かもしれないな。リモートが盛んになったから、深山くんと宇野くんと羽田《はねだ》さんと考えられた。ただ匿名《とくめい》で安全性を必ず担保《たんぽ》するためには、厚労省が母体にならないといけない」

デジタルシェルターは、この状況だからこそ出てきた発案だった。

未成年を対象にするなら、匿名は大前提だ。だがそれを民間で自由にやれば、大人が身元を偽り悪意をもって入ってくることもあり得る。事前承認は未成年者を守るために必須だ。

「加害者は、被害者には想像もつかない方法で近づいてきますから。大嫌いなマイナンバーに頼る日が来ようとは」

「君も嫌いか」

「はい。理屈抜きに嫌いです。ナンバリングされたくないんですかね」

しかたないかと、四郎が言った。

しかたないと思わなければならないことも増えていく。そういう過中だ。

「正直、毒だと思うものを呑むことも増えた」

「……災害ですから」

改めて言った英知に、それは自分も同じだと四郎が俯く。

「それで、俺は一つ決めごとをした」

「なんですか？」

「どんな選択をするときにも、絶対に腐らないいと」

そう胸に強く置かなければ、いつかきっと導《しるべ》を見誤る。

そして舵《かじ》を間違えたと、教えてくれたのは壮一《そういち》だ。

「……かっこいいですよ。僕も、そうします」

頼る声を、四郎は聴かせた。

「こんにちは！　お久しぶりです！」

「四郎さんやっと会えた‼」

羽田に案内されて事務室までできた深山と宇野が、入るなりマスク越しに四郎に朗《ほが》らかな挨拶《あいさつ》をする。

「久しぶり！　うわあ……二人とも大人になったね。びっくりした」

「まあまあ、とりあえず座って」

一頻《ひとしき》り挨拶が済むのを待って、羽田は皆のためにペットボトルを取りに行った。緊急性がない場合はそのペットボトルはそれぞれが持ち帰ると、面談には新しい規則ができた。

久しぶりに会えて楽しそうに話す三人を見て、英知は息を吐いた。

なんとか、腐らずにやれている。

淘汰《とうた》されてしまう人も、きっといるだろう。深山と宇野は、四郎が声を掛けたから今ここで笑ってくれている。

自分もそうだ。

「ウェブ通話で何度もお話しできてたけど、やっぱり会えると全然違います」

少し泣きそうになって、深山が言った。

「ウェブ通話も嬉しかったけどね。そんなに違う？」

「違います」

宇野も大きく頷いた。

「安心します。なんででしょうね」

理由はわからないと、深山が首を振る。

「無意識に、全身から相手の情報を得てるんだと思うよ」

人数分のペットボトルを冷蔵庫から持ってきた羽田が、丁寧に配りながら言った。

「ああ、それでリラックスするんですね」

宇野がすぐに納得する。

「相手も安心してくれてるって、わかると嬉しいです」

そういうことなのかと、深山が笑った。

「四郎さん、いつまでこっちにいられるんですか？」

ふと、不安そうに宇野が尋ねる。

「休みはひと月だけどここには半月。地域ではほとんど旅行してないから、帰る前に自主隔離。会えるのは本当に嬉しい。でも、何処《どこ》にいても繋がれることもわかったから。それも僕には大きな安心だよ」

「そうだな」

ずっと彼らの声を聴いていたかったけれど、英知も頷いた。

一緒にいて、一緒にこれからのことを考える仲間だ。

「落ちついたら四郎さんのいる場所にも行きたいです」

「いつか」

それは、ここにいるみんなの望みだった。

四郎が画像や動画で見せる山間《やまあい》の集落は、美しく何もかもが澄んでいる。

「そうだね。いいところだから来てほしい。行き来は戻ってきてるし……でも」

すぐにでも誘いたいのを、四郎が堪《こら》えたのが英知にはわかった。

「……何もかもがすっかり元には、もどらないかもしれないね」

先のことは、今は誰にもわからない。去年の年頭から始まった禍は、多くの人の気持ちも体も荒らしている。今はまだその渦中だ。

「声が届くところにいる者たちで声を掛け合って」

自分の席から、英知は立ち上がった。

「なんとか、繋いでいくしかないな。外にも、明日にも」

永遠に見ていたかった輪の中に、入っていく。

泥土の中にいれば、そこが泥土だとはわからない。闇に蹲《うずくま》っているときに、見えないのが闇のせいだとは気づけない。

「かっこいいです」

ふざけてではなく、四郎は言った。

揶揄《からか》う者はいない。

「どんな暗がりも永遠じゃないと」

どこかの明日には光が待っているのを、英知はもう知っていた。

顔を上げて、立ち上がり、爪先を蹴って、人に手を引かれ、また手を引いて、ともに歩き。

迎えにいく。

「君が教えてくれたんだ」

明日を。

日 は ま た 昇 る 。
何 度 で も 昇 る

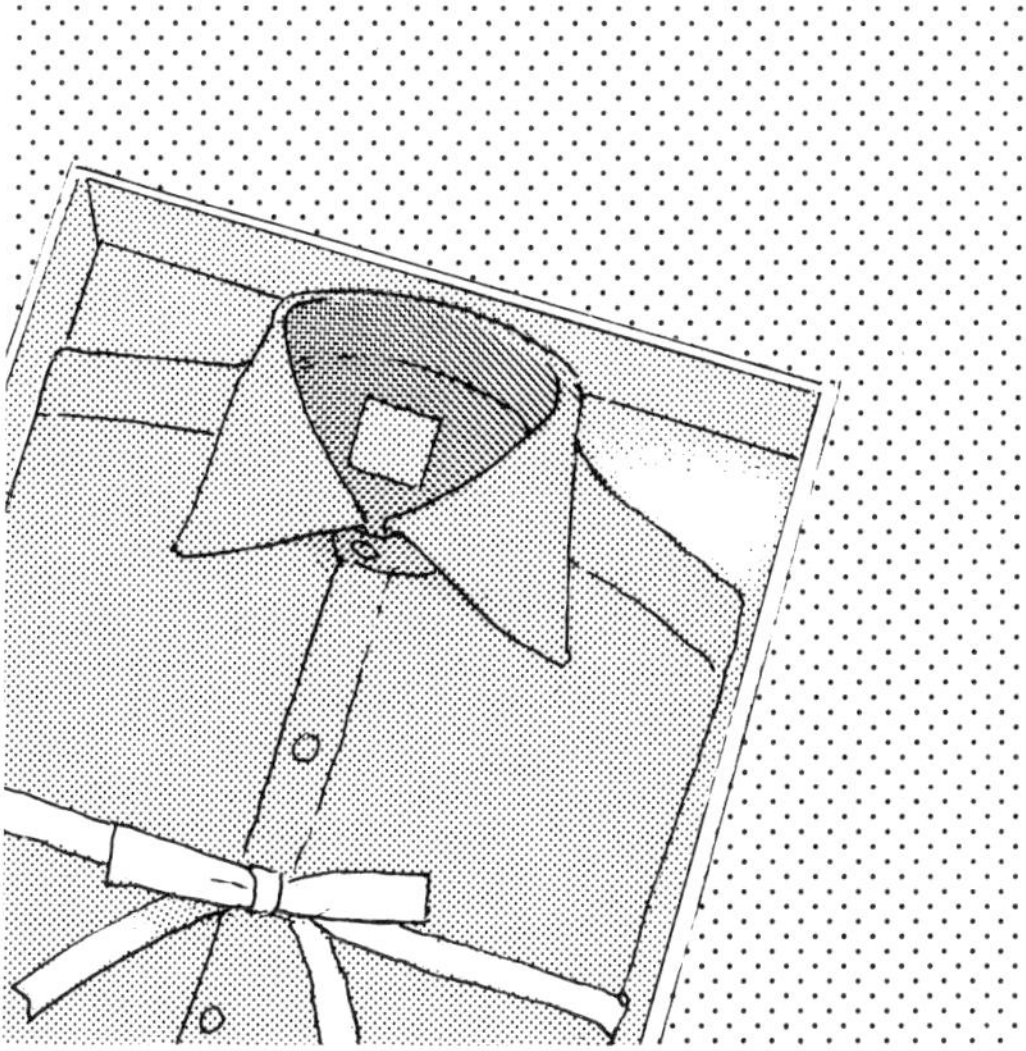

白州英知《しらすえいち》は悩んでいた。

議員になって四年目、途中解散総選挙があって既に二期目となった四月。

しかし政治とは無関係に、議員会館の窓辺に立って窓に右手を押し付け、激しく悩んでいた。

「そんなに見てると怪しまれますよ。首相官邸」

恋人で政務秘書の藤原四郎《ふじわらしろう》が、後ろの応接セットから呆れたように忠告する。

去年の四月に四郎は支部の引き継ぎをして、また東京に戻り英知の秘書に戻った。

「首相官邸からこっちも見えてるんですか？」

四郎に尋ねたのは、応接セットにいる大学生二年生になった深山《みやま》だ。マッチングアプリで出会った人とつきあい始めて、四郎が心配している。

英知も心配だったが、あまり色々言って自分たちを離れてしまったらもう心配しかできないから、今のところ見守っていた。

「防犯カメラで上から下まで見てるに決まってんだろ。個人情報なんてあってなきがごとしだ。未成年じゃなくなって親がかけてた携帯のガード外れたら、めちゃくちゃゲイのマッチング出てくるようになったよ」

同じく大学生二年生の宇野《うの》が、いささかうんざりだとソファで肩を竦《すく》めた。

どうやら宇野も、深山のつきあいを心配している。友達の目があるなら大人たちも多少は安心できた。

「それでも携帯番号で認証した方がいいと思うけどなあ」

深山がなんの話をしているかというと、デジタルシェルターの認証方法のことだ。

マイナンバーに頼ろうとしていたが、マイナンバーへの信頼が驚くほど下がってしまい、これでは知られることを恐れている性的マイノリティが安心して登録できるわけがない。

ここにもう一人の政務秘書羽田遷《はねだせん》を加えて、五人で定期的にデジタルシェルターの請願書作りをしていた。個人情報についてはこちらでまとめていかないと、国会で議題として取り上げられた時に「それをどうするつもりだ」から先に進まなくなってネガティブなイメージだけ刷り込まれてしまう。

「携帯番号しかないだろうね」

「あ、今参加してるふりをしましたね？」

ぽつりと言った英知の気がそぞろであることに四郎はすぐに気づいて、咎《とが》める声を聞かせた。

「さすが！　四郎さん白州先生のことなんでもわかるんですね」

「浮気なんかしたら一発なんだろうな」

一昨年抱き合って、しばらくしてから英知と四郎は、請願メンバーに交際を打ち明けた。

個人情報を重んじる場だからこそ、一番大切なことを分け合おうと自然に決められたのだ。

「……私は、浮気なんて、しませんよ」

そんな甲斐性《かいしょう》はないとはなんとか言わず、シャツの前を正して英知が三人を振り返る。

「でも先生も四郎さんもモテそうだから」

「心配にならないんですか？」

深山が言うと、宇野は四郎に訊いた。

「全然」

相変わらずの落ち着いたブルーのシャツの四郎が、即答して微笑《ほほえ》む。

モテないから心配ないとは、どうやら四郎も言わずにおいてくれたようだ。

「でも今、何かに気を囚われてましたよね。先生」

若者たちは、目の前の恋人同士にきっと痴話《ちわ》げんかの一つもして欲しいのだろう。

「私は今、四郎くんの誕生日プレゼントについて考えていたんです」

深山の問いに、痴話げんかどころではないのだと悩みを明かして、英知はデスクに腰を少し預けた。

「見せつけるなあ」

困ったように宇野が肩を竦める。

「そうじゃないんだよ」

実際本当に困っている英知の言葉が、砕けた。つきあいが長くなって、砕けてしまうことも多い。深山と宇野は、それを親しさだと認めてくれているようだ。

「今年の誕生日プレゼントはね、先生のいきたい場所に連れていってってお願いしてるんだよ」

爽《さわ》やかに笑って、来月の誕生日を「楽しみだ」と四郎は言った。

「やっぱり見せつけられてる」

「本当ですよ」

「そうじゃないんだよ……」

宇野と深山が口を尖らせるのに、弱々しく英知は頭を抱えた。

五月は四郎の誕生日で、離れていた会えない間は、何がほしいか尋ねて英知はプレゼントを送った。去年は一緒に過ごせて、やはり何がほしいか尋ねて手渡した。そういうまめさは、英知が培《つちか》ってきた持ち物とも言える。

無駄のない機能性の高い具体的な物を、四郎は即答した。滑りのいいボールペンと言われた時は、パーカーのボールペンに四郎の名前を刻印して贈った。去年はシャツが綻《ほころ》びてきたと言うので、LUCIANOのブルーのシャツを仕立てた。

四郎の望みには色気がなく、にも拘《かかわ》らず英知は完全にやり過ぎている。

「四郎くんはね、私のプレゼントが不満なんだよ。いつも」

「そんなこと言ってませんよ！　でも……いつもなんていうか、絵に描いたような贈り物で。こう、もう少しあなたの気持ちや嗜好《しこう》が入っていたらと思って」

そこまで言って、自分が無理を言ったことに気づいたように、四郎は英知を見上げた。

「……すみません。いきたい場所なんて、思いつかないですよね」

立ち上がって、英知に歩み寄って四郎が小さく告げる。

四郎が望んだのは、「英知がいきたい場所」だった。けれど四郎が今謝ってくれた通り、英知は自分の望みを何も持たずに生きてきた。

ボールペンもワイシャツも、知識として知っている最高のものを選んだ。四郎に見抜かれているように、そこに英知の嗜好はない。気持ちは、あったけれど。

「僕が、決めます。ゆっくり二人でいきたい場所を、作っていきましょう」

「そう言ってくれると……」

「甘い！」

いつものように、十も年下の四郎に英知が甘やかされようとした刹那《せつな》、宇野が声を挟んだ。

「いつもいつも四郎さんは、先生に甘すぎですよ！　それは、自分たちにも少しはわかりますよ？　先生が生きてきた道、打ち明けてくれたから」

もう四年前になるが、この議員会館で英知が刺された後、深山と宇野には「同じように誰にも言えない時間を、しかも長く生きてきた」と聴いてもらった。

「結構わかってるつもりです。僕も。でも宇野と同感ですよ。その甘やかし、一年か二年で充分じゃないですか？　だって先生いくつですか」

声高らかに、深山も宇野に同調する。

「……四十、二」

今年は後厄《あとやく》だ。そういえばそんなものは必要ないと四郎に言われて去年厄払いをしなかったことを、ふと英知は後悔した。

「そんなに甘えて、四郎さんにふられたらどうするんですか？」

「四郎さんも四郎さんだよ。いつまでその甘い声出してんだっつうの」

すっかり議員会館に慣れた深山と宇野は、リラックスして思ったことが言える青年に成長してしまった。いや、成長してくれたのだ。

「そんなに甘い……？」

返す言葉など一つもない英知の隣で、四郎は不安そうに言う。

「甘い甘い甘すぎですよ。新婚だとしても一年で勘弁してくださいよ！　でも言い過ぎて先生が死にそうな顔してるから……今回は俺たちが」

「そうだ。僕らでデートプラン立ててそれを先生に渡して四郎さんの誕生日プレゼントにしますよ！」

不意に、思いついた計画に、二人の声が弾んだ。

「頼むよ……」

暗い色のスーツで髪を撫でつけて、無意識とはいえ随分とかっこつけて生きてきたようにも思う英知は、四十二にもなってこんなことで木端微塵《こっぱみじん》にされている自分が心から情けない。

「いいんですか？」

デスクに両手をついてすっかりうなだれている英知の肩に、四郎がそっと触れた。

「君がいいなら」

笑った英知に、四郎が頷く。

「職務中、また請願者を前にしての身体的接触はお控えください」

入ってくるなり容赦のないことを言ったのは、政務秘書の一人羽田だった。

「僕たち気にしてませんよ。そんなにいちゃいちゃしてないです」

「したことないです。むしろしてほしいですね」

タブレットを挟んで深山と宇野は、もう来月のデートプラン作成に夢中になっている。

「君たちが気にしなくても駄目です。個人情報の件進んでるのかい？」

四郎が座っていた方のソファに腰かけて、羽田は若者たちの手元を覗き込んだ。

「携帯番号しかないんじゃないかってところで止まってます。今僕たちは四郎さんの誕生日の、先生とのデートプランを先生の代わりに考えてるところです」

「羽田さんも一緒に考えませんか？」

どうやら相当楽しんでいると思《おぼ》しき宇野と深山は、羽田まで誘う。

「楽しそうだけど、僕は携帯番号で認証する方向で請願書の叩き台を作るよ」

穏やかに笑って、羽田は自分のパソコンを開いて打ち込み始めた。

白いシャツの袖を捲って、目立たない眼鏡をかけて、ひたすらたたき台を作る羽田の気遣《きづか》いに英知は気づいた。

四郎が言っていた、四郎を振った相手は、この羽田遷だった。

英知と四郎のつき合いを打ち明けてすぐに、「自分はいいですが、同じ場に三人というのはとも思いまして」と羽田の意向で伝えられた。

その告白を聞いて、英知は間抜けな声が出た。「ああ、ああ、ああ」なるほどと。四郎が語っていた「自分を振った恋人」と、羽田が見事に一致することに頷くしかなかったのだ。

今もきっと羽田は、意図して参加しないでくれたのだろう。羽田ならもしかしたら、四郎が望む最適なプランがすぐに思いつくのかもしれない。

「よくまあ、俺を選んでくれたものだよ」

覚えず、英知は独り言《ご》ちた。

聡明で実直で、もっと楽な生き方もできるだろうにそれを選択せず、力強く粘り強く闘志を秘めている。羽田はそういう男だ。

人生を変える程の恋人だったのに、同じ心で四郎が自分を愛してくれたことは奇跡に思えた。

「並べて選んだわけじゃありませんから」

「え」

「僕はただ、あなたに出会ってあなたを愛しただけです」

誰にも聴こえないように小さな声で、四郎が告げる。

さっき注意されたばかりの身体的接触がしたくなったが、少しだけ体を寄せて英知は堪えた。

もしかしたら僅かに聴こえたのか、羽田がやさしく微笑んだ。

俯瞰《ふかん》で考えれば、どんな風に揉めて乱れてもおかしくない仕事場だが、そんな気配はない。

自分の情操が幼いからだろうかと一瞬惑って、いや、皆が誠実だからだと英知は息を吐いた。


深山と宇野は、三つのプランを英知に渡してくれた。英知にも都合があるだろうから、どれか一つを選んでほしいという気遣いだ。

物怖《ものお》じしなくなった二人が、精一杯自分たちのために考えてくれた三つのプランを、英知はすべて実行することにした。

四郎の誕生日当日は国会の会期中だったので、プランの一つにあった個室のフレンチを二人で食べた。

「これは……」

二つ目のプランは一泊二日コースだったので、会期終了を待って七月に出かけた。

百五十年存在している文化財指定されている日光のホテル系列の、鬼怒川《きぬがわ》温泉にあるリゾートホテルの、スイートを英知は選んだ。

「一体一泊いくらですか」

英知が住んでいる議員宿舎より明らかに広い四室からなるスイートに、去年渡したシャツを着てきた四郎が戦慄《わなな》く。

「そう言うような気がしていたよ」

苦笑して、英知は渓谷を望む客室専用のテラスに四郎を誘った。

「深山くんと宇野くんがここを？」

「そうじゃない。二人のプランは」

テラスの突き当りに木塀があって、そこを英知が手で示す。

「露天風呂付き客室、だ」

「まさかあそこに露天風呂があるんですか」

「君の家だって、それなりの旅行をしたんじゃないのか？」

そこまで豪勢さに慄《おのの》かなくてもいいだろうと、英知は僅かに咎めた。

「うちは男四人兄弟ですし、父は世襲じゃありませんから。明日無職になってもおかしくないといつも聞かされて、四人とも堅実に育ちましたよ」

「藤原先生らしいな」

明治から継承されている広い一つの国のような屋敷で育った英知は、ため息を吐《つ》くほかない。

「値段のことは気にしてくれるな。何も使い道がなかったから、それなりに蓄えはある。二人のプランの条件でホテルを探していて、俺がここにしたかったんだ」

「……本当ですか？　ここに？」

もともと、それが望んだ誕生日プレゼントだった四郎は、不思議そうに英知を見上げた。

「本当だよ。日光に、ここの母体になっているホテルがある。文化財指定されている、美しい建物で緑の中にある。子どもの頃、夏の数日をそこで過ごした」

神代《かみしろ》家と常にともにあった英知は、家族旅行にもすべて当たり前に同行した。

「あのホテルは、俺も好きだったと思い出した。毎年夏がくるとその日を楽しみにしていたと、思い出したよ」

何一つ望むことのない子ども時代を過ごして、そのまま青年になり四十前まできたと、英知は思っていた。

けれど四郎が「英知のいきたい場所」を望んでくれたので、最近思い出すことのなかった過去を回顧した。

古い洋画が好きだったのは、長く愛した人だ。彼の父親が、思えば洋画が好きだった。そこは二人は似たのかもしれない。愛した人が傾倒したほどには、英知は古い文学にも傾倒はしなかった。あの人が美しいというものは、何もかも美しく見えた。

「鎌倉の屋敷と同じような時を経ているのに、古い洋館はまるで違って見えた。緑も、風も穏やかに感じられて、俺はあの場所が好きだった。パンが美味《うま》かったな」

「なら、僕もそこにいってみたいです」

確かに自分が好きだった時間を思い出せた英知の腕に、四郎の手が無意識にかかる。

「いつかいこう。深山くんと宇野くんのプランは、露天風呂付き個室だったんだ。それから都心から二時間程度の場所。日光の方には部屋に露天風呂はついていない。今回は二人の気持ちを、優先させた」

「どんな、気持ちですか？」

気持ちという言い方の特別さに気づいて、四郎は英知を見た。

「三つのプランを順番に読んで、彼らの気持ちに気づいた。食事も個室。移動もできるだけ短く。一泊するなら……誰の目にもつかない」

それを、まだ若い二人が強く望んでいると知って、一瞬四郎は泣いてしまいそうに唇を噛みしめる。

「……三つ目のプランは、なんですか？」

「お二人がいいなら観覧車」

三つ目は、提案ではないというように前置きがしてあった。

「観覧車も個室だが、ずっと、外から見える。二人のことが」

俯いて、四郎が英知の胸に頬を寄せる。

「彼らのことで胸をいっぱいにしないでくれないか。気持ちはわかるが」

「あなただってなったでしょう」

「もちろんだよ。だから、約束をしておいた」

「どんな約束ですか?」

「三つとも、必ず使わせてもらうと。今は無理でも、観覧車にも……一緒に乗ってくれるか?」

顔を上げて四郎が、英知の頬に触れた。

今は二人のことは、デジタルシェルターの請願チームしか知らない。隠したいのではない。パートナー関係を公表したら、恐らく組織の当たり前として四郎は英知の秘書から外される。議員としてまだ二期目の英知には、仕事上のパートナーとしての四郎が必要だ。

「同性婚が制度化されたら、仕事の上でも別の形を築けるだろう」

「ファースト・レディ的な」

「まあ、簡単に言うとそういう形もきっと築けるし」

または、仕事上自立する未来もあり得る。既に二年は別々に働いた。

「制度を使える日がきたら、一緒に観覧車に乗ってほしい」

それは随分と先のことに、感じられはする。

少し先が、けれど英知にはありがたかった。公表しないことで一つ安堵《あんど》している気持ちを、英知は四郎に話せていない。

英知が同性の恋人を持ったと知ったら、神代壮一《そういち》はさすがに考えるだろう。長く英知が仕えた次男が何故《なぜ》、英知の名前を奪ったのか。その次男もまた、パートナーに同性を持っている。

「観覧車には、僕はいつでも乗ります。あなたのタイミングが来た時に一緒に乗りましょう」

聡明な四郎の目が、英知が唯一残した後ろめたさを知っていて、見逃してくれた気がした。

「一つ、お願いがあります」

「なんでも」

「僕のパートナーとして、両親に会っていただけませんか？」

不意に、思いがけないことを望まれる。

「父に、会ってほしいんです」

嫌だとも、何故とも、英知は言えなかった。

「父親は一つの言葉ですが。父親というものは、一人一人違って」

息を止めてしまった英知の胸に、四郎が掌《てのひら》をあてる。

「それを、あなたに知ってほしいと今、思いました」

観覧車を先送りにする英知を知って、今、四郎は思ったという。

英知の父は、いつ英知を殺してもおかしくなかった。

父として仕えた壮一は、偉大な王のような人だ。

どちらの父にも、英知は結局最後は抗《あらが》えない。

「情けないな、俺は」

「いいえ」

自《おの》ずとこぼれた英知の言葉に、四郎はきっぱりと首を振った。

「僕はただ、知ってほしいだけなんです。あなたが抗わなければならないならそれは、あなたのせいではないということを。父親は様々です。そして選べない」

それは四郎が、繰り返し英知に飲ませている清い水だ。抑圧を受けたなら、それは抑圧をかけた側の問題だと、四郎は何度でも英知に教える。

「俺には君が必要だ」

言ってしまってから、これも抑圧だろうかと英知は惑った。

「僕も同じですよ」

「何故」

無意識に問いが、英知の唇を離れていった。それこそ情けない。

「抱きしめてみてください」

両手を、少し四郎は開いた。

ゆっくりと英知が、四郎を抱く。

やがてシャツ越しに体温が上がるのが伝わって、肌から鼓動が高まるのが聴こえた。

「不安に、ならないでください」

頬に頬を寄せて、四郎が乞う。

「すまない。いつまでも俺はこんな」

謝った英知の唇に、四郎の唇が重なった。

「僕は何故あなたが必要なのか、朝まで語り続けることもできます。あなたを愛してるから。あなたを愛してるから。あなたを」

今度は英知が、四郎の唇を止める。

長いくちづけを解いて、二人は目を合わせた。

「羽田さんに振られて社会党に入って、正直半分は追っかけてきたんですが。それでも振られて、だけどあなたに出会えたのでこれで本当によかったです。結果オーライです」

「君は」

あっけらかんと言い放った四郎に、英知が噴き出す。

「君だな」

最初から知っている嘘という不合理を持たない四郎を、朗《ほが》らかに英知は抱いた。

「そうでしょう」

渓流《けいりゅう》の水音が遠ざかるほど、二人で笑う。

幸せは無縁のものではなかった。生まれつき与えられていないと長く思い込んでいた。

傍らに彼の声を聴いて、驚くほど穏やかに英知は、手の中にある愛を知っていく。

ゆっくりと知っていく。

あとがき

AFTERWORD……………………

―菅野 彰―

なんだかこの人たちが好きだ。

スピンオフのスピンオフになった「太陽はいっぱいなんかじゃない」ですが、この本だけで読んでいただけるはず。英知《えいち》が登場する、「ドリアン・グレイの激しすぎる憂鬱《ゆううつ》」「ドリアン・グレイの禁じられた遊び」を読んでいただけたらなお嬉しいです。

永田町BLはずっと書きたかったのですが機会がなく、英知は流れ流れて舞台が永田町になったので担当の石川さんに、

「ついに待望の永田町BLですね！」

と意気込んだら、

「誰も待っていません……」

という適切な突っ込みが入って爆笑してしまいました。

永田町を書くのは楽しかったです。石川さんおつきあいありがとうございました。

英知は、四郎《しろう》に出会わなかったらどうなっていたんだろうな。四郎に出会えてよかった。深《み》山《やま》くんも宇野《うの》くんも。

でも四郎にも子どもっぽくて勝手で鼻っ柱を折られた過去があるわけで、元彼はあの人なわ

けです。男の趣味がいい。英知もいい男になった。

これは「太陽」を書きながら段々と思ったことですが、英知のお父さんはきっと、どうしたらいいのかわからないほど神代《かみしろ》元官房長官を愛していたんだろうなと。それはでも、LOVEなのかどうかはわからなくて。でも尋常な思いではないのは心の底で自覚があったので、英知と双葉《ふたば》のことが余計に怖かったのだろうな。

だからといって許されることではないけれど、社会が変わっていくことでやっと、英知と双葉は自由になれた。

こんなに長くBLを書くとは、始めた時には想像しなかったけれど、今BLを書けていてよかったと思った人々になりました。

ところで麻々原先生には、四郎の元彼が誰なのかお伝えしていませんでした。なので書き下ろしを読んで「扉に描いてしまったけれどあっていたのかどうか」心配してくださったと、担当さんから聞きました。

ぴったりです。その人です。いつも本当に、嬉しいです。ありがとうございます。

書く前に国会議事堂の周りをふらふらしました。見学すればよかったと書きながら後悔しましたが、大好きな人たちになった！

好きになっていただけたら、なお嬉しいです。

朝顔と猫と／菅野 彰

この本を読んでのご意見、ご感想などをお寄せください。
菅野 彰先生・麻々原絵里依先生へのはげましのおたよりもお待ちしております。

〒113-0024 東京都文京区西片2-19-18 新書館
[編集部へのご意見・ご感想] 小説ディアプラス編集部「太陽はいっぱいなんかじゃない」係
[先生方へのおたより] 小説ディアプラス編集部気付 ○○先生

- 初出 -
太陽はいっぱいなんかじゃない：小説ディアプラス2022年ナツ号、アキ号
日はまた昇る。何度でも昇る：書き下ろし

[たいようはいっぱいなんかじゃない]
太陽はいっぱいなんかじゃない

著者：菅野 彰 すがの・あきら

初版発行：2023年9月25日

発行所：株式会社 新書館
[編集] 〒113-0024
東京都文京区西片2-19-18 電話 (03) 3811-2631
[営業] 〒174-0043
東京都板橋区坂下1-22-14 電話 (03) 5970-3840
[URL] https://www.shinshokan.co.jp/

印刷・製本：株式会社 光邦

ISBN978-4-403-52583-4 ©Akira SUGANO 2023 Printed in Japan